해리포터
저주받은 아이
2부

연극 대본

BASED ON AN ORIGINAL STORY BY

J.K. ROWLING
JOHN TIFFANY & JACK THORNE
A PLAY BY JACK THORNE

FIRST PRODUCED BY
SONIA FRIEDMAN PRODUCTIONS, COLIN CALLENDER
& HARRY POTTER THEATRICAL PRODUCTIONS

THE OFFICIAL SCRIPT OF THE
ORIGINAL WEST END PRODUCTION

THE DEFINITIVE AND FINAL PLAYSCRIPT

HARRY POTTER
AND THE CURSED CHILD

해리포터
저주받은 아이
— 2부 —
연극 대본

J.K. 롤링
존 티퍼니 & 잭 손
세 명의 원작에 기초한 이야기

잭 손 각색
박아람 옮김

문학수첩

HARRY POTTER AND THE CURSED CHILD PARTS ONE AND TWO
Based on an original story by J.K. Rowling, John Tiffany and Jack Thorne
A play by Jack Thorne

First published in print in Great Britain in 2016 by Little, Brown
The paperback edition published in 2017 by Sphere
Korean translation copyright © 2017 by Moonhak Soochup Publishing Co., Ltd.
Text © Harry Potter Theatrical Productions Limited 2016
Potter family tree and Timeline © 2017 Pottermore Ltd
Harry Potter Publishing and Theatrical rights © J.K. Rowling
Artwork and logo are trademarks of and © Harry Potter Theatrical Productions Limited
Harry Potter characters, names and related indicia are trademarks of and © Warner Bros. Ent.
J.K. ROWLING'S WIZARDING WORLD is a trademark of J.K. Rowling and Warner Bros.
Entertainment Inc.
All rights reserved.

나의 세상에 들어와
아름다운 일을 해 준
잭 손에게 이 책을 바칩니다.

J.K. 롤링

조와 루이스, 맥스, 소니, 말……
모든 마법사에게 이 책을 바칩니다.

존 티퍼니

2016년 4월 7일에 태어난 엘리엇 손에게 이 책을 바칩니다.
우리가 리허설을 할 때 그 녀석은 옹알이를 했답니다.

잭 손

• 차례 •

즐겁게 대본 읽기

연출가 존 티퍼니와 극작가 잭 손의 대화

잭 제가 난생처음 읽은 연극 대본은 《요셉과 놀라운 색동옷 (Joseph and the Amazing Technicolor Dreamcoat)》이었습니다. 당시 초등학생이었는데, 무척 흥미진진했었죠. 또렷이 기억나진 않지만, 주로 제 대사를 찾으면서 훑어봤던 것 같아요. 맞습니다. 아주 맹랑한 꼬맹이였죠. 요셉 역할이었거든요. 다음으로 접한 희곡은 이언 서레일리어(Ian Serraillier)의 고전인 《은검(The Silver Sword)》을 각색한 대본이었어요. 이 연극에서는 주연이 아니었고, '소년 3'이었나 그랬을 겁니다. 사실 저는 에덱 밸리키를 맡고 싶었죠. 에덱 역을 맡기 위해서라면 뭐라도 했을 겁니다. 하지만 안타깝게도 그 무렵 제 연기 경력은 이미 손쓸 수 없이 퇴보한 상태였어요. 제 나이 아홉 살이었죠.

존 제가 처음 읽은 대본은 아홉 살 때 접한 《올리버!(Oliver!)》였습니다(그 어린 나이에도 제목에 붙은 느낌표를 보고 뮤지컬이라고 어렴풋이 직감했죠. '올리버'에 …… 노래가 나오겠군!). 1981

년 허더즈필드 아마추어 오페라 협회(Huddersfield Amateur Operatic Society)에서 상연된 이 연극에서 저는 제목과 동명의 고아 역을 맡았어요. 따로 억양 연습을 한 기억이 없으니, 틀림없이 디킨스의 원작을 절묘하게 재구성한 작품이었을 겁니다. 올리버의 엄마가 웨스트요크셔의 구빈원으로 가서 출산한 내용으로 살짝 바꿨겠죠. 저 역시 대본을 훑어보며 제 대사를 찾았습니다. 일부러 노란색 형광펜을 사러 간 기억이 나네요. 올리버의 대사에 표시를 하기 위해서였죠. 같이 출연하는 배우들이 그렇게 하는 것을 봤거든요. 저는 그게 노련한 배우의 상징적인 습관이라고 생각한 것 같습니다. 나중에야 '미꾸라지' 잭 도킨스가 지적해 주더군요. 대사를 형광색으로 칠하기만 할 게 아니라 열심히 외우기도 해야 한다고요. 그때 대본 읽기에 관한 교훈을 처음 배웠습니다.

잭 존 당신이 올리버를 연기하는 모습, 정말 보고 싶은데요. 형광펜으로 표시한 대본도 보고 싶고요. 저는 당신의 빳빳한 갈색 연출 수첩을 보며 늘 감탄했거든요. 제 대본은 귀퉁이가 구깃구깃하고, 알아볼 수 없는 메모로 뒤덮여 있답니다. 예전부터 늘 그랬어요. 게다가 아기 토사물도 묻어 있고요(뭐, 이건 비교적 최근에 추가되었죠).

대본은 어떻게 읽혀야 한다고 생각하십니까? 독자들은 대본을 어떻게 읽을 수 있을까요? 출간을 앞두고 지문을 쓸 때, 연극 개막을 2, 3주 앞두고 황급히 원고를 마무리할 때 이 부분이 몹시 걱정되더군요. 공연 연습을 하면서 대본 곳곳을 들어냈잖아요. 배우들이 표정만으로 자연스럽게 표현할 수 있는 대사는 필요 없다고 판단하여 삭제해 버렸죠. 그렇게 특정 배우 집단에 맞게 대본을 다듬었지만, 다른 사람들도 배역을 연기할 수 있어야 하죠. 연출자가 그렇듯, 독자도 등장인물들을 시각화할 수 있어야 합니다.

대본을 처음 접할 때 어떤 점을 보시나요?

존 연출자에게는 새로운 대본과의 첫 만남이 아주 소중하답니다. 그 대본으로 올린 연극을 처음 보는 관객과 가장 가까운 입장이 되는 거라고 할 수 있죠. 완성된 대본을 읽었을 때 그 줄거리와 등장인물들, 극작가가 탐구하는 주제들이 와 닿아야 합니다. 대본을 보며 웃고 울 수 있어야 하죠. 이야기의 즐거움을 느끼는 동시에, 인물들이 겪는 고통을 깊이 통감할 수도 있어야 합니다. 무대에서 온전히 재현할 수 있고 그 경험을 관객과 함께 나눌 수 있게 해 주는 대본이 좋은 대본이라고 생각합니다.

극작가로서 대본을 쓸 때 이런 모든 과정 가운데 어느 정도 상상하십니까? 인물들의 대사를 쓰면서 직접 소리 내어 연기해 보기도 하나요?

잭 대사뿐 아니라 몸동작도 직접 해 봅니다. 이름난 커피숍이나 샌드위치 가게에서 그러고 있으면 사람들이 이상하게 쳐다보곤 하죠. 저도 모르게 극중 인물이 되어 어느새 몸동작까지 흉내 내고 있을 때가 많거든요. 얼마나 창피한지 몰라요.

이번 대본은 조금 특별했습니다. 대본을 쓰면서 배우들과 이렇게 많은 시간을 보낸 적이 없었거든요. 몇 주간 극 연구를 하고 뒤이어 몇 주간 공연 연습을 하는 내내 디자인팀에서부터 음향팀, 조명팀에 이르기까지 모두가 오랫동안 함께 시간을 보냈죠. 다른 사람들도 그런 경험은 처음이었을 겁니다. 다 합쳐서 8개월쯤 걸렸을 거예요. 이런 과정이 결과물에 어떤 영향을 미쳤을까요? 물론, 그 덕분에 작품의 질은 훨씬 더 좋아졌을 겁니다. 그런데 이런 경험이 우리 공연 분위기를 얼마나 바꿨다고 생각하시나요?

존 카페에 앉아서 극중 인물이 되어 혼자 중얼거리고 있는 당신의 모습을 꼭 보고 싶군요! 그런 공연을 찾는 관객도 있을 겁니다. 아주 독특한 형태의 공연이잖아요. 순회공연을 해도 좋겠어요. 제가 〈저주받은 아이〉의 배우들을 아는데, 맨 앞자리를 예약해야겠네요. 안 된다고요? 그럼 할 수 없지만…….

긴 시간 동안 함께 극 연구를 하고 공연 연습을 한 것은 당연히 우리 작품에 긍정적인 영향을 미쳤을 겁니다. 그 모든 과정이 아직도 머릿속에 생생하네요. 아주 역동적이고 분명하게 남아 있습니다. 2014년 초에 롤링과 함께 원작 회의를 한 순간부터 2016년 여름에 이 연극이 처음으로 관객을 마주한 순간까지 수많은 배우들과 창작자들, 아티스트들, 연출자들, 제작 및 기술 팀들이 참여했죠. 대본집을 출간할 때 이 사람들의 이름을 모두 넣어야 한다고 주장한 것은 바로 이런 이유 때문이었습니다. 또, 그래야만 이 대본집을 통해 극장에서 공연을 보는 경험을 조금이나마 맛볼 수 있을 테고요.

이 대본의 집필자로서 아직 공연을 보지 못한 채 대본을 읽는 독자들이 어떤 상상을 하길 기대하시나요?

잭 어려운 질문이네요. 연극의 막이 오르기 전날, 저는 트위터에 이런 글을 올렸습니다. '모두가 연극을 직접 보았으면 좋겠습니다. 대본으로 읽는 것보다 훨씬 더 좋을 테니까요. 연극 대본은 노래를 위해 존재하는 악보와도 같고, 우리에겐 비욘세에 견줄 만한 배우들과 제작진이 있답니다.' 그러니 이렇게 답할 수 있을 것 같네요. 대본을 읽는 독자들이, 연극계의 비욘세, 즉 감정이 풍부하고 감정 이입에 능하며 대사 한 마디 한 마디의 뉘앙스를 살려 아름답게 연기할 수 있는 배우들, 그리고 이를 데 없이 절묘한 무대 디자인과 동작, 의상, 조명, 영상, 음향 등이 함께 어우러진 무대를 상상했으면 좋겠다고요.

또 한편으론, 제가 롤링 그리고 잭 당신과 함께 쓴 대본을 그대로 음미하며 읽어도 좋을 것 같습니다. 대사 한 줄 한 줄에 〈해리 포터〉시리즈 전체에 흐르는 정서와 감정을 진실하고 솔직하게 담아내려고 최선을 다했으니까요. 물론, 행간에 의미를 싣는 일, 감정을 전달하는 일이 어렵긴 합니다. 대본에는 내적 독백을 실감나게 담아낼 수 없으니까요. 산문 작품에서는 인물의 감정을 글로 표현할 수 있고, 연극 공연에서는 배우들이 표정으로 내적 독백을 표현할 수 있죠. 게다가 무대 위에서 여러 가지 마술이 벌어지기도 하는데, 제가 이것을 글로 설명해 버리면 공연 보는 재미가 떨어질 테고 제이미 해리슨(일루션/마술 담당)은 마술계에서 퇴출당할 겁니다! 독자들이 머릿속으로 직접 연기를 해 볼 수도 있을까요? 저처럼 카페에 앉아서 미친 사람처럼 모든 배역을 연기해 보는 겁니다. 독자들에게 이 대본을 어떻게 읽으라고 권하시겠습니까?

존 말씀하신 대로, 산문 작품에서는 인물의 감정을 내적 독백으로 표현할 수 있고, 시각적인 세부 사항은 풍부한 묘사를 통해 표현할 수 있지만, 우리는 배우들과 크리에이티브 협력자들이 무대에서 이러한 요소들을 재현하도록 해야 합니다. 그런 뒤에도 어떤 장면들은 관객의 상상력을 동원해야만 완전한 결실을 맺을 수 있죠. 제가 연극을 좋아하는 이유 가운데 하나도 바로 이런 점입니다. 영화에 컴퓨터 합성 이미지가 있다면, 우리 연극에는 관객의 상상력이 있습니다. 둘 다 아주 막강한 요소죠.

독자들이 머릿속으로 이 대본을 직접 연기한다면 정말 멋질 것 같은데요. 가까운 사람들과 함께 방에서 연기해 보는 것도 좋을 테고요. 이런 활동과 실제 우리 관객의 상상력은 어느 정도 연결되는 구석이 있을 겁니다. 우리는 〈해리 포터와 저주받은 아이〉 연극을 보고 싶어 하는 모든 분들이 런던 팰리스 극장에서든 다른 곳에서 다른 팀의 공연으로든 무대를 직접 접할 수 있도록 최선을 다할 것입니다. 그 전까지 우리 독자들의 머릿속에서 잭 당신의 대본이 다양한 방식으로 상연된다고 생각하니 몹시 흥분되는데요.

일러두기

1. 인명, 지명 등의 고유명사와 주문 등의 마법 관련 용어는 이 책의 개정2판 1쇄부터, 2019~2020년에 출간된《해리 포터》시리즈의 새 번역을 따랐다.

2.《해리 포터와 저주받은 아이 1, 2부》에 처음 등장한 용어는 한글맞춤법의 외래어표기법을 따랐다.

3. 본문 각주는 모두 옮긴이가 단 것이다.

2부

2부

3막

3막 1장

호그와트, 교장실

이제 우리는 완전히 뒤바뀐 세상에 있다.

이곳은 어둠의 세상이다.

마치 한 층의 재가 온 지구를 뒤덮은 듯, 불확실성과 두려움이 뿌옇게 내려앉았다.

무대 디자인에, 그리고 음악에 이 모든 것이 반영되어 있다. 그러나 무엇보다도 이곳에서 내려지는 모든 결정이 이러한 분위기를 뚜렷하게 반영한다.

해리는 죽었다. 볼드모트가 살아서 세상을 지배하고 있다. 그무엇도 마땅치 않은 상황이다.

스코피어스가 덜로리스 엄브리지의 교장실로 들어간다. 그는더 어둡고 더 검은 망토를 입고 있다. 얼굴에는 수심이 가득하다. 사방에서 위험을 느끼며 줄곧 몸을 움츠린 채 잔뜩 경계하고 있다.

덜로리스 엄브리지 스코피어스. 와 줘서 정말 고맙구나.

스코피어스 교장 선생님.

덜로리스 엄브리지 스코피어스, 너도 알다시피 난 오래전부터 네가 학생 회장의 자질을 갖췄다고 생각했단다. 순수 혈통인 데다 타고난 지도력, 놀라운 운동 신경…….

스코피어스 운동 신경요?

덜로리스 엄브리지 겸손 떨 필요 없어, 스코피어스. 퀴디치 경기장에서 널 봤는데 스니치를 잡지 못하는 일이 거의 없더구나. 넌 아주 소중한 인재야. 교수진도 그렇게 생각한단다. 특히 내가 말이야. 어거레이 님께 보고를 올릴 때에도 네 칭찬을 얼마나 늘어놓는지 몰라. 우리가 함께 노련하지 못한 학생들을 추려 낸 덕분에 이 학교는 보다 안전하고…… 보다 순수한 곳이 되었잖니.

스코피어스 그랬나요?

무대 밖에서 비명이 들린다. 스코피어스는 그쪽을 돌아본다. 그러나 얼른 유혹을 떨쳐 버린다. 이제 그는 정신을 바짝 차려야 한다. 절대 흐트러지지 않을

작정이다.

덜로리스 엄브리지 하지만 볼드모트의 날에 호수에서 널 발견한 뒤로 지난 사흘 동안 넌 뭐랄까…… 점점 이상해지더구나. 특히 갑자기 해리 포터에 집착하고…….

스코피어스 아니에요…….

덜로리스 엄브리지 보는 사람마다 붙잡고 호그와트 전투에 대해 캐묻는다고 하던데. 해리 포터가 어떻게 죽었냐. 포터가 왜 죽었냐. 게다가 난데없이 세드릭 디고리한테 흥미를 보이질 않나. 스코피어스, 혹시 네가 해로운 마법이나 저주에 걸렸나 싶어 검사해 봤는데 아무 이상이 없더구나. 그래서 말인데, 혹시 내가 도와줄 게 있다면 얘기해 보렴. 널 예전으로 되돌리기 위해서…….

스코피어스 아뇨. 아니에요. 전 예전으로 돌아왔어요. 잠깐의 일탈이었어요. 그뿐이에요.

덜로리스 엄브리지 그럼 전처럼 계속 협조할 거니?

스코피어스 그럼요.

덜로리스가 가슴에 한 손을 얹고 그 위에 다른 손을 얹어 손목을 교차시킨다.

덜로리스 엄브리지 볼드모트와 용맹함을 위하여.

스코피어스 (따라 하려고 애쓰며) 그러니까…… 어…… 위하여.

3막 2장

호그와트, 교내

무대가 빙글빙글 돌아가기 시작하고 그와 함께 스코피어스도 돌아간다. 자신이 처한 이 혼란스러운 상황의 답을 찾기 위해 필사적으로 애쓰고 있다.

칼 젱킨스와 얀 프레더릭스는 활기와 열의가 넘치는 모습이다. 두 사람이 당당하게 스코피어스에게 다가온다.

칼 젱킨스   어이, 스콜피언 킹.

스코피어스는 하이파이브를 받아 준다. 괴롭지만 참는다.

얀 프레더릭스 우리 그거 하는 거지? 내일 밤에?

25

칼 젱킨스　우린 적당한 머드블러드를 잡아 탈탈 털 준비가 됐
거든.

칼 젱킨스와 얀 프레더릭스가 퇴장한다.

폴리 채프먼　스코피어스.

폴리 채프먼이 계단에 서 있다. 스코피어스는 휙 그
녀를 돌아본다.

스코피어스　폴리 채프먼?

폴리 채프먼　바로 본론부터 얘기해도 될까? 다들 네가 누구한테
같이 가자고 할지 궁금해해. 뭐, 어차피 너도 누군가
에겐 파트너 신청을 해야 하잖아. 난 벌써 세 명한테
신청을 받았는데, 그 애들을 전부 거절한 게 나뿐만
은 아닐 거야. 혹시 네가 나한테 같이 가자고 할 수
있으니까.

스코피어스　그렇구나.

폴리 채프먼　그래 준다면 참 좋을 것 같아. 네가 마음이 있다면
말이야. 소문에 따르면 그렇다고 하던데. 나도 그냥
여기서 분명하게 얘기할게. 나도 마음이 있어. 그리

고 이건 소문이 아니야. 사—아—실, 확실한 사실이라고.

스코피어스 그거야…… 어…… 좋지. 그런데 어딜 같이 가?

폴리 채프먼 어디긴, 혈통 무도회지. 스콜피언 킹이 혈통 무도회에 파트너로 누구를 데려갈지 얘기하고 있잖아.

스코피어스 너, 그러니까 폴리 채프먼이 나더러 무도회에 데려가 달라고 하는 거야?

> 스코피어스의 뒤에서 비명이 들린다.

이 비명은 뭐야?

폴리 채프먼 당연히 머드블러드들의 소리지. 지하 감옥에 갇힌 머드블러드들 말이야. 네가 제안한 일 아니야? 무슨 일 있니? 빌어먹을 포터 같으니, 내 신발에 또 피가 묻었잖아…….

> 폴리 채프먼은 허리를 굽혀 신발에 묻은 피를 조심스레 닦아 낸다.

어거레이 님께서 주장하시듯 미래는 우리가 만드는 거야. 나는 너와 함께 미래를 만들 거야. 볼드모트와 용맹함을 위하여.

스코피어스 볼드모트와 그걸 위하여.

폴리가 가고 스코피어스는 괴로운 얼굴로 폴리의 뒷
모습을 바라본다. 이 세상은 대체 어떤 세상이고, 그
안에서 스코피어스는 어떤 존재일까?

그가 회전하며 다음 장면으로 들어간다.

3막 3장

마법 정부, 마법 사법부 수장의 사무실

드레이코는 지금껏 우리가 봐 온 것과 너무도 다른 모습이다. 권력의 냄새를 한껏 뿜어내고 있으며, 온몸에 권위가 배어 있다. 마치 파시스트 깃발처럼 새 모양의 문장이 찍힌 어거레이 깃발이 사무실 양쪽에서 펄럭거리고 있다.

드레이코   늦었구나.

스코피어스   여기가 아빠 사무실이에요?

드레이코   늦었는데 사과도 하지 않다니. 일을 크게 만들려고 작정한 모양이구나.

스코피어스   아빠가 마법 사법부 수장이에요?

드레이코   버르장머리하고는! 감히 내 얼굴에 먹칠한 것도 모자라 기다리게 해 놓고 사과도 하지 않다니!

스코피어스   잘못했어요.

드레이코   죄송합니다.

스코피어스는 고개를 들고 아빠가 왜 그러는지 이해하려 애쓴다.

스코피어스   죄송합니다.

드레이코   난 널 그렇게 칠칠치 못한 놈으로 키우지 않았다, 스코피어스. 호그와트에서 날 망신 주라고 가르치지도 않았고.

스코피어스   망신이라고요?

드레이코   창피한 일이 한두 가지가 아니지. 특히 해리 포터, 네가 해리 포터에 대해 물어보고 다닌다던데. 감히 말포이 가문에 먹칠을 하다니.

음울한 생각이 스코피어스의 머리를 스친다.

스코피어스   설마. 혹시 아빠가 그러셨어요? 아니시겠죠. 아니죠. 그럴 리가 없어요.

드레이코   스코피어스······.

스코피어스   오늘 《예언자일보》에 나온 사건 말이에요. 마법사

세 명이 지팡이를 한 번 휘둘렀을 때 얼마나 많은 머글이 죽는지 보려고 다리들을 폭파했다고 하던데, 혹시 아빠가 그러셨어요?

드레이코 함부로 말하지 마라.

스코피어스가 아빠에게로 다가간다. 한 걸음 한 걸음에 원망이 담겨 있다.

스코피어스 '머드블러드' 죽음의 수용소, 고문, 반대자 화형. 그 중 아빠가 주도하는 일이 얼마나 되죠? 엄마가 늘 아빠에 대해 말하길 알고 보면 훨씬 더 좋은 분이라고 하셨지만, 사실은 이게 아빠의 본모습 아닌가요? 살인자, 고문하는 사람, 그리고―

드레이코가 일어나 스코피어스를 세게 잡아끌어 탁자에 내리꽂는다. 예상치 못한, 치명적인 폭력이다.

드레이코 엄마를 함부로 들먹이지 마라, 스코피어스. 그런 식으로 날 이겨 먹을 생각은 하지 마. 엄마는 그렇게 이용해도 되는 사람이 아니야.

스코피어스는 아무 말도 하지 않는다. 충격과 공포에 빠졌다. 드레이코도 알아차린다. 드레이코가 스코피어스의 머리를 놓아 준다. 그는 아들을 다치게 하고 싶지 않다.

그리고 아니란다, 머저리들이 머글들을 날려 버린 일, 그건 내가 시킨 일이 아니야. 어거레이 님께서 머글 총리를 금으로 매수하라고 시킬 사람은 내가 되겠지만……. 그런데 네 엄마가 정말 나에 대해 그렇게 말했니?

스코피어스 할아버지가 엄마를 별로 좋아하지 않아서 두 분의 결혼을 반대하셨다고 했어요. 할아버지는 엄마가 머글들에게 너무 우호적이고 너무 약하다고 생각하셨지만, 아빠가 할아버지를 거역하고 엄마를 선택했다고요. 엄마에겐 그런 행동이 세상에서 가장 용감해 보였대요.

드레이코 아주 쉽게 용기를 내도록 만드는 사람이었지, 네 엄마는.

스코피어스 하지만 그때 아빠는…… 지금과 다른 사람이었죠.

스코피어스는 아빠를 바라본다. 그의 아빠도 인상을

쓰며 그를 본다.

저도 나쁜 짓을 많이 했지만 아빠는 저보다 더했더
군요. 우린 대체 어떤 존재가 된 거예요, 아빠?

드레이코 우린 변하지 않았어. 평소와 똑같잖아.

스코피어스 말포이 가문. 아빠는 언제든 그 가문에 의존해 세상
을 더 음울한 곳으로 만들려 하는군요.

이 말이 드레이코의 정곡을 찌른다. 드레이코는 주
의 깊게 스코피어스를 바라본다.

드레이코 학교에서 있었던 일 말이다. 대체 이유가 뭐냐?

스코피어스 저는 지금의 제 모습이 싫어요.

드레이코 왜 그런 생각을 하게 됐지?

스코피어스는 어떻게 하면 자신의 이야기를 설명할
수 있을까 열심히 생각해 본다.

스코피어스 저의 다른 모습을 보았거든요.

드레이코 내가 네 엄마의 어떤 점을 가장 사랑했는지 아니?
네 엄마는 언제나 내가 어둠 속에서 빛을 찾게 해 주

었어. 이 세상을, 어쨌든 나의 세상을…… 네 표현을 빌리자면 덜 '음울하게' 만들어 주었지.

스코피어스 그랬어요?

드레이코는 아들의 얼굴을 살핀다.

드레이코 넌 내가 생각했던 것보다 엄마를 더 많이 닮았구나.

사이. 드레이코는 주의 깊게 스코피어스를 본다.

뭘 하는지는 몰라도 몸조심해라. 너까지 잃을 수는 없다.

스코피어스 알겠습니다.

드레이코는 마지막으로 한 번 더 아들을 보며 아들의 머릿속을 이해하려고 애쓴다.
그러곤 우리가 앞에서 익히 보았던 방식으로 손을 움직여 두 손목을 교차시킨다.

드레이코 볼드모트와 용맹함을 위하여.

스코피어스는 드레이코를 보며 뒷걸음질로 사무실
을 나온다.

스코피어스 볼드모트와 용맹함을 위하여.

3막 4장

호그와트, 도서관

스코피어스가 도서관에 들어와 필사적으로 책들을 훑어보기 시작한다. 그는 역사책 한 권을 발견한다.

스코피어스　세드릭이 어떻게 죽음을 먹는 자가 됐지? 내가 놓친 게 뭐야? 내게 어둠 속의 빛이 되어 줘.

크레이그 보커 2세　여긴 어쩐 일이야?

　　　스코피어스는 고개를 돌려 꽤 절박해 보이는 크레이그를 본다.

스코피어스　내가 여기 오면 안 돼?

크레이그 보커 2세　아직 준비가 안 됐거든. 최대한 빨리하려고 노력 중이야. 하지만 스네이프 교수님이 숙제를 워낙 많이 내 주시는 데다, 작문 숙제를 두 가지 방식으로 하는 건, 아니, 불평하는 건 아니야……. 미안.

스코피어스 다시 말해 봐. 처음부터 다시. 뭐가 준비되지 않았다는 거야?

크레이그 보커 2세 네 마법약 숙제 말이야. 난 기쁜 마음으로 하고 있어. 오히려 감사하지. 넌 숙제랑 책을 싫어하잖아. 그리고 난 절대 널 실망시키지 않아. 너도 알잖아.

스코피어스 내가 숙제를 '싫어'해?

크레이그 보커 2세 넌 스콜피언 킹이야. 당연히 숙제를 싫어하지. 그런데 《마법의 역사》를 가지고 뭐 하는 거야? 그 숙제도 내가 할까?

사이. 스코피어스는 잠시 크레이그를 본 뒤 그에게 《마법의 역사》 책을 던진다. 크레이그가 그 책을 받아 들고 퇴장한다.
잠시 후 스코피어스가 무언가를 떠올리고 인상을 쓴다.

스코피어스 방금 쟤가 스네이프라고 한 거야?

3막 5장

호그와트, 마법약 교실

스코피어스가 마법약 교실로 달려 들어온다. 열어젖힌 문이 벽에 쾅 부딪친다. 세베루스 스네이프가 고개를 들어 그를 본다.

스네이프　　노크하라고 아무도 안 가르쳐 줬나 보군?

　　　　　　스코피어스는 고개를 들어 스네이프를 본다. 살짝
　　　　　　숨이 차고 살짝 불안하지만 한편으론 살짝 기쁘다.

스코피어스　세베루스 스네이프, 정말 영광이에요.

스네이프　　스네이프 교수님이라고 부르는 게 좋을 텐데. 말포
　　　　　　이, 네가 이 학교에서 왕 노릇을 한다고 해서 모두
　　　　　　네 신하라고 생각하면 안 된다.

스코피어스 하지만 교수님이 답을 갖고 계신걸요…….

스네이프는 늘 그랬듯이 빈정대는 모습이다.

스네이프 대단히 기쁜 일이구나. 할 얘기가 있으면 어서 하고……. 할 얘기가 없으면 가는 길에 문 좀 닫고.

스코피어스 교수님 도움이 필요해요.

스네이프 나야 돕기 위해 존재하는 사람이지.

스코피어스 그런데 정확히 어떤 도움이 필요한지…… 모르겠어요. 혹시 아직도 첩보 활동을 하세요? 지금도 비밀리에 덤블도어를 위해 일하세요?

스네이프 덤블도어? 그분은 돌아가셨다. 그리고 내가 그분을 위해 일한 건 공공연한 사실이야. 난 그분의 학교에서 학생들을 가르쳤으니까.

스코피어스 아뇨. 그 일만 하신 게 아니잖아요. 덤블도어 편에서 죽음을 먹는 자들을 감시하셨잖아요. 조언을 해 드리기도 하고요. 모두들 교수님이 그분을 죽였다고 생각했지만 사실은 그분을 도왔던 것으로 밝혀졌죠. 교수님은 세상을 구하셨어요.

스네이프는 두려움과 분노로 으르렁거린다.

스네이프 아주 위험한 발언을 하는구나. 네가 말포이 가문이라고 해서 내가 벌주지 못할 거라고 생각하진 마라.

스코피어스 혹시 다른 세상이 있다면 믿으시겠어요? 볼드모트가 호그와트 전투에서 패하고 해리 포터와 덤블도어의 군대가 승리를 거둔, 그런 세상이 실제로 존재한다면…….

스네이프 호그와트의 총아 스콜피언 킹이 요즘 제정신이 아니라는 소문이 돌던데, 충분히 근거 있는 소문이었군.

스코피어스 훔친 타임 터너가 있어요. 제가 타임 터너를 훔쳤거든요. 알버스와 함께요. 우리는 죽은 세드릭 디고리를 살려 내려 했어요. 그 세상에선 세드릭 디고리가 죽었거든요. 우린 그가 트라이위저드 대회에서 우승하지 못하게 하려 했죠. 그러다 그만, 그를 완전히 다른 사람으로 바꿔 버린 거예요.

스네이프 그 트라이위저드 대회의 우승자는 해리 포터였다.

스코피어스 해리 포터 혼자서 우승한 게 아니었어요. 세드릭이 공동 우승을 했어야 했죠. 그런데 저희가 세드릭에게 망신을 줘서 시합을 포기하게 했어요. 그 결과, 굴욕을 당한 그는 죽음을 먹는 자가 되었고요. 그런데 그 사람이 호그와트 전투에서 뭘 어떻게 했는지 모르겠어요. 그가 누굴 죽이기라도 했나요? 분명히 그가 뭔가를 해서 모든 게 바뀌었거든요.

스네이프 세드릭 디고리가 죽인 마법사는 한 명이었다. 그렇게 중요한 마법사도 아니었지. 네빌 롱보텀이라고.

스코피어스 아, 역시, 그거였어요! 롱보텀 교수님이 볼드모트의 뱀 내기니를 죽였어야 하거든요. 내기니가 죽어야 볼드모트가 죽을 수 있죠. 그거였어요! 의문이 풀렸네요! 우리가 세드릭을 망쳐 놓았고, 세드릭이 롱보텀 교수님을 죽이는 바람에 볼드모트가 전투에서 승리한 거예요. 아시겠죠? 이해하셨죠?

스네이프 말포이, 네가 수작을 부리고 있다는 건 충분히 이해했다. 너의 아빠한테 알려서 더 크게 혼나기 전에 그만 나가거라.

스코피어스는 잠시 생각한 뒤에 필사적인 마음으로 마지막 카드를 꺼낸다.

스코피어스 교수님은 그분의 어머니를 사랑하셨잖아요. 전부 다 기억하진 못해요. 하지만 교수님이 그분의 어머니를 사랑하셨다는 사실은 알아요. 해리 포터의 어머니 말이에요. 릴리라는 분. 교수님이 수년 동안 첩자로 활동하신 것도 알아요. 교수님이 아니었다면 그 전쟁에서 절대 승리할 수 없었다는 것도 알고요. 제가 또 다른 세상을 보지 않았더라면 어떻게 이 모든 걸 알고 있겠어요……?

　　스네이프는 아무 말도 하지 않는다. 당황한다.

그걸 아는 사람은 덤블도어뿐이었지요. 그렇지 않아요? 그분이 세상을 떠난 뒤로 교수님은 무척 외로우셨겠죠. 저는 교수님이 좋은 분이란 걸 알아요. 해리 포터 아저씨가 아들한테 교수님이 훌륭하신 분이라고 말했거든요.

　　스네이프는 스코피어스를 본다. 도대체 어떤 상황인지 확신이 서지 않는다. 속임수일까? 스네이프는 정말 갈피를 잡지 못한다.

스네이프　해리 포터는 죽었다.

스코피어스　제가 사는 세상에선 아니에요. 그분은 교수님이 세상에서 가장 용감한 분이었다고 하셨어요. 그분은 교수님의 비밀을 다 알았거든요. 교수님이 덤블도어를 위해 무슨 일을 했는지 말이에요. 그분은 교수님을 무척 존경하고 있어요. 그래서 아들에게도 두 분의 이름을 붙였죠. 알버스 세베루스 포터. 저랑 제일 친한 친구예요.

스네이프는 멈칫한다. 깊이 감동했다.

부탁이에요. 릴리라는 분을 위해서, 이 세상을 위해서 저를 도와주세요.

스네이프는 잠시 생각한 뒤 스코피어스에게 걸어가며 지팡이를 꺼낸다. 스코피어스는 겁을 먹고 물러선다. 스네이프는 지팡이로 문을 겨눈다.

스네이프   콜로포터스!

보이지 않는 자물쇠가 채워진다. 스네이프는 교실 뒤편에 있는 해치를 연다.

자, 이리 와라…….

스코피어스   하나만 여쭐게요. 정확히…… 어디로 가는 거죠?

스네이프   우리는 수차례 장소를 옮겨야 했다. 새로운 곳을 찾

을 때마다 그들이 파괴해 버렸으니까. 이리로 들어
가면 후려치는 버드나무의 뿌리 속에 숨겨진 방이
나오지.

스코피어스 '우리'는 누구예요?

스네이프 아, 보면 안다.

3막 6장

작전 본부

이곳은 지하이다. 흙과 먼지 냄새, 무력한 (그러나 결코 포기할 수 없는) 저항 시도의 기운이 곳곳에 배어 있다.

스코피어스는 참으로 위풍당당한 모습의 헤르미온느에게 붙들려 꼼짝없이 탁자에 붙어 있다. 그녀는 빛바랜 옷을 입었을지언정 눈은 이글이글 타오르고 있다. 온전한 전사의 모습이고 그 모습이 썩 잘 어울린다.

헤르미온느   여기서 조금이라도 움직이면 너의 뇌는 개구리로, 두 팔은 고무로 변할 줄 알아.

       스네이프가 스코피어스를 따라 본부 안으로 들어온다.

스네이프   그만해. 안심해도 된다. (사이) 도통 남의 말을 들으
려 하지 않는다니까. 예전에도 지독하게 고리타분
한 학생이더니, 여전히 지독하게 고리타분한 — 뭐
가 됐든 말이다.

헤르미온느   전 뛰어난 학생이었어요.

스네이프   그저 그런 학생이었다. 그 앤 우리 편이라고!

스코피어스   정말이에요, 헤르미온느.

헤르미온느는 여전히 의심 가득한 얼굴로 스코피어
스를 본다.

헤르미온느   대부분의 사람들은 나를 그레인저로 알고 있어. 그
리고 난 네가 하는 말이라면 한 마디도 믿지 않아,
말포이.

스코피어스   다 제 잘못이에요. 제 잘못. 알버스의 잘못이기도 하
고요.

헤르미온느   알버스? 알버스 덤블도어? 알버스 덤블도어가 무슨
상관이 있지?

스네이프   덤블도어를 말하는 게 아니야. 일단 좀 앉아.

론이 달려 들어온다. 뾰족뾰족한 머리칼. 꾀죄죄한

옷차림. 헤르미온느에 비하면 그다지 멋진 반군의 모습은 아니다.

론 스네이프 교수님, 친히 행차를— (스코피어스를 보고 바로 경계하며) 저 녀석이 왜 여기 있는 거예요?

　　　론이 더듬더듬 지팡이를 꺼낸다.

난 무장했고…… 아주 위험한 사람이다. 진지하게 조언하는데—

　　　론은 지팡이를 반대로 들었다는 사실을 깨닫고 바로 잡는다.

조심하는 게 좋을 거야—
스네이프 이 아인 안심해도 된다, 론.

　　　론이 헤르미온느를 보자 헤르미온느는 고개를 끄덕인다.

론 덤블도어 교수님께 감사드립니다.

3막 7장

작전 본부

헤르미온느는 앉아서 타임 터너를 살펴보고 있고, 그사이 론은 상황을 파악하려 애쓴다.

론　　　　그러니까 지금 모든 역사가…… 네빌 롱보텀한테 달려 있단 말이야? 그건 좀 의외인데.

헤르미온느　사실이야, 론.

론　　　　그렇군. 그리고 네가 그렇게 확신하는 이유는…….

헤르미온느　저 애가 스네이프 교수님에 대해, 우리 모두에 대해 많은 걸 알고 있거든. 그걸 알 수 있는 방법이…….

론　　　　혹시 찍기를 정말 잘하는 게 아닐까?

스코피어스　그건 아니에요. 도와주실 거죠?

론　　　　도울 수 있는 사람은 우리밖에 없어. 덤블도어의 군

48

대는 전성기 이후에 크게 줄었지. 사실 ―

　　　잠시 뜸을 들인다. 그에게는 괴로운 이야기이다.

　　　―남아 있는 사람은 우리가 전부라고 봐도 돼. 그래
도 계속 저항하고 있어. 코앞에 숨어서. 우리는 최선
을 다해 그들의 코털을 간질이고 있지. 여기 그레인
저는 수배자야. 나도 그렇고.

스네이프　　(냉정하게) 넌 그렇게 중요한 수배자는 아니지.

헤르미온느　확실하게 짚어 보자. 네가 말한 그 다른 세상 말이
야……. 네가 끼어들기 전에는 어땠다고?

스코피어스　볼드모트는 죽었어요. 호그와트 전투에서 목숨을
잃었죠. 해리 아저씨는 마법 사법부 수장이고요. 헤
르미온느 아주머니는 마법 정부 총리예요.

　　　헤르미온느는 이 놀라운 소식에 멈칫한다. 그러곤
미소를 지으며 고개를 든다.

헤르미온느　내가 마법 정부 총리라고?

론　　　(자신에게도 좋은 소식이 있길 기대하며) 굉장한데. 난
뭐야?

49

스코피어스 아저씨는 위즐리 형제의 위대하고 위험한 장난감 가게를 운영하세요.

론의 얼굴이 침울해진다.

론 아, 그러니까 헤르미온느는 마법 정부 총리가 됐는데 난— 장난감 가게를 운영한다고?

스코피어스는 실망한 론의 얼굴을 바라본다.

스코피어스 아저씨는 주로 자녀 양육에 힘쓰고 계세요.
론 좋아. 그럼 애들 엄마가 끝내주게 매력적인가 보군.
스코피어스 (얼굴이 붉어지며) 어…… 그게…… 생각하기 나름인데요……. 사실은, 말하자면, 두 분이 같이 아이들을 낳았거든요. 아들 하나, 딸 하나.

두 사람은 놀라서 고개를 든다.

결혼했어요. 서로 사랑하고요. 또 다른 세상에서도 두 분이 놀라시더라고요. 거기서는 헤르미온느 아주머니가 어둠의 마법 방어법을 가르쳤고 론 아저씨는

50

파드마라는 분과 결혼했거든요. *계속 놀라시네요.*

헤르미온느와 론은 서로를 본 뒤 고개를 돌린다. 이윽고 론이 다시 헤르미온느를 본다. 론은 여러 번 헛기침을 한다. 헛기침 소리가 점점 약해진다.

헤르미온느　날 볼 때는 입 좀 다물어 줘, 위즐리.

론이 입을 다문다. 그러나 여전히 혼란스러운 모습이다.

그럼 스네이프 교수님은? 그 다른 세상에서 스네이프 교수님은 뭘 하고 계셔?

스네이프　난 죽은 모양이다.

스네이프는 스코피어스를 본다. 스코피어스는 어떻게든 진실을 감춰 보려 하지만, 표정을 숨길 수가 없다. 스네이프는 힘없이 미소 짓는다.

날 보고 지나치게 놀라더구나. 어떻게 죽었지?

스코피어스　용감하게요.

스네이프 누구한테?

스코피어스 볼드모트.

스네이프 아주 짜증 나는군.

> 스네이프가 이 사실을 받아들이는 동안 잠시 정적이 흐른다.
>
> 그래도 어둠의 왕에게 직접 당했다면 명예로운 죽음이었겠지.

헤르미온느 안타깝네요, 스네이프 교수님.

> 스네이프는 헤르미온느를 보고 고통을 삼킨다. 그러곤 머리를 까딱 움직여 론을 가리킨다.

스네이프 뭐, 적어도 이 녀석이랑 결혼하진 않았으니까.

헤르미온느 넌 어떤 마법을 사용했지?

스코피어스 첫 번째 과제엔 엑스펠리아르무스, 두 번째 과제엔 엔고르지오를 사용했어요.

론 방패 마법을 사용하면 둘 다 간단하게 되돌릴 수 있겠네.

스네이프 그리고 나서 떠났나?

스코피어스 타임 터너가 우리를 되돌려 보냈어요. 그렇게 되더라고요. 이 타임 터너로는 과거에 딱 5분만 머물 수 있어요.

헤르미온느 그럼 장소는 그대로고 시간만 바뀌는 거야?

스코피어스 네, 맞아요. 그러니까…… 지금 있는 자리에서 과거로 돌아가요.

헤르미온느 흥미롭군.

스네이프와 헤르미온느 둘 다 그것이 어떤 의미인지 알고 있다.

스네이프 그럼 나하고 저 아이만 가마.

헤르미온느 스네이프 교수님, 기분 나쁘게 듣진 마세요. 저는 이 일을 다른 사람에게 맡길 수가 없어요……. 너무 중요한 일이에요.

스네이프 헤르미온느, 넌 마법 세계에서 1급 지명 수배가 내려진 반군이다. 이 일을 하려면 밖으로 나가야 해. 마지막으로 밖에 나간 게 언제지?

헤르미온느 오래되긴 했지만—

스네이프 밖에 나갔다 발각되면 디멘터들한테 입맞춤을 당할 거다. 그들은 네 영혼을 모조리 빨아들일 테고…….

헤르미온느   교수님, 먹다 남은 음식으로 연명하며 승산 없는 반
란을 시도하는 건 이제 지긋지긋해요. 이건 세상을
바꿀 수 있는 기회예요.

그녀가 론에게 고갯짓하자 론이 지도를 당겨 내린다.

트라이위저드 대회의 첫 번째 과제는 금지된 숲 언
저리에서 치러졌어요. 그러니까 여기서 과거로 돌
아간 다음 그 시합 장소로 가서 주문을 막고 안전하
게 돌아오면 돼요. 제대로만 하면 현재에선 밖에 얼
굴을 내밀 필요가 전혀 없어요. 그런 다음 다시 시간
을 돌려 호수로 가서 두 번째 과제를 되돌려 놓으면
되잖아요.

스네이프   넌 모든 걸 걸어야 해—

헤르미온느   우리가 성공하면 해리는 살아 있고, 볼드모트는 죽
고 어거레이도 사라져요. 그런 세상을 위해서라면
어떤 위험도 감수할 수 있어요. 교수님을 잃어야 한
다는 사실이 안타깝긴 하지만.

스네이프   때로는 대가를 감수해야 하는 법이지.

두 사람은 서로를 본다. 스네이프가 고개를 끄덕이

자 헤르미온느도 고개를 끄덕인다. 스네이프의 얼굴이 조금 굳는다.

내가 방금 덤블도어의 말을 인용한 건 아니지?

헤르미온느 (미소 지으며) 네, 100퍼센트 세베루스 스네이프의 말씀이었을 거예요.

헤르미온느는 스코피어스를 돌아보며 타임 터너를 가리킨다.

말포이.

스코피어스가 헤르미온느에게 타임 터너를 가져다준다. 그녀는 그것을 보며 미소 짓는다. 다시 타임 터너를 사용하게 되다니, 게다가 이런 목적으로 사용하게 되다니, 그녀는 몹시 흥분한다.

성공하길 기원해야죠.

그녀가 타임 터너를 받아 든다. 타임 터너가 덜덜 떨리는가 싶더니 이윽고 격렬하게 움직이기 시작한다.

쉭 하고 거대한 빛이 지나간다. 요란한 소리가 난다.
시간이 정지한다. 이윽고 시간이 방향을 틀더니 잠
시 주춤하다 뒤로 감기기 시작한다. 처음에는 느리
게……

쿵 하는 소리, 번쩍하는 섬광과 함께 주인공들이 사
라진다.

3막 8장

1994년 금지된 숲 언저리

1부의 장면이 재연되는데, 이번엔 무대 앞쪽이 아니라 무대 뒤쪽이다. 덤스트랭 로브를 걸친 알버스와 스코피어스가 보인다. 시종일관 '뛰어난 사회자(역시 자칭)' 루도 배그먼의 목소리가 들린다.

스코피어스와 헤르미온느, 론, 스네이프가 초조하게 지켜보고 있다.

루도 배그먼 세드릭 디고리가 무대로 올라왔습니다. 준비가 된 것 같네요. 겁먹었지만 준비는 되었어요. 피했습니다. 또 한 번 피하는군요. 그가 몸을 숨기려고 뛰어들 때마다 여학생들이 쓰러지는데요. 여학생들이 한마음으로 외칩니다. 용아, 제발 우리 디고리를 해

57

치지 말아 줘. 세드릭이 왼쪽으로 피한 뒤 오른쪽으로 뛰어듭니다. 지팡이를 준비하는데요—

스네이프　너무 오래 걸린다. 타임 터너가 돌고 있어.

루도 배그먼　이 젊고 용감하며 잘생긴 청년은 과연 어떤 재주를 준비했을까요?

　　　알버스가 세드릭의 지팡이를 소환하려 하자 헤르미온느가 그의 마법을 막는다. 알버스는 왜 말을 듣지 않을까 의아해하며 자신의 지팡이를 암담하게 바라본다.

　　　이때 타임 터너가 돌아간다. 그 모습을 본 네 사람은 몹시 당황하며 안으로 빨려 들어간다.

개입니다. 세드릭은 돌을 개로 변하게 했네요. 멋쟁이 개 세드릭 디고리, 개처럼 패기가 넘치는군요.

3막 9장

금지된 숲 언저리

시간 여행을 떠났던 네 사람이 숲 언저리로 돌아온다. 론은 몹시 고통스러워한다. 스네이프는 주위를 둘러보고 위험한 상황임을 즉각 알아차린다.

론 아야. 아. 아야야야.

헤르미온느 론…… 론…… 왜 그래? 무슨 일이야?

스네이프 아아, 이럴 줄 알았다.

스코피어스 알버스도 이 타임 터너 때문에 다쳤어요. 맨 처음 과거로 갔다 돌아왔을 때.

론 그걸 이제서야 말해 주다니…… 아야…… 아주 유용하군.

스네이프 여긴 지상이다. 움직여야 해. 당장.

헤르미온느 론, 그래도 걸을 수는 있을 거야. 일어나 봐…….

론이 일어서려다 고통스러워하며 소리를 지른다. 스네이프가 지팡이를 들어 올린다.

스코피어스 성공한 거예요?

헤르미온느 무장해제 마법은 막았어. 세드릭이 지팡이를 그대로 갖고 있었어. 그래, 성공한 셈이지.

스네이프 하지만 여기로 돌아올 계획은 아니었다. 여긴 밖이야. 넌 지금 밖에 있다고.

론 다시 타임 터너를 사용해야 해, 여기를 벗어나서—

스네이프 숨을 곳을 찾아야 해. 우린 완전히 노출되었어.

갑자기 객석 주위에서 얼음처럼 차가운 바람의 숨결이 느껴진다.

관객 주위에서 검은 망토들이 올라오더니 검은 형체들로 변한다. 그리고 결국 디멘터들로 변한다.

헤르미온느 너무 늦었어요.

스네이프 야단났군.

헤르미온느 (자신이 무엇을 해야 하는지 깨닫는다) 저들이 쫓는 건

저 하나예요. 여러분이 아니라고요.

론. 사랑해. 오래전부터 사랑했어. 어쨌든 세 사람은 이제 도망쳐야 해요. 가세요. 어서.

론   뭐?

스코피어스   뭐라고요?

론   사랑 얘기부터 짚고 넘어가면 안 될까?

헤르미온느   여긴 아직 볼드모트의 세상이야. 난 이제 됐어. 두 번째 과제를 되돌려 놓으면 모든 게 바뀔 거야.

스코피어스   하지만 디멘터들이 입맞춤할 거예요. 영혼을 빨아들일 거라고요.

헤르미온느   그래도 네가 과거를 바꿀 거잖아. 그럼 없던 일이 돼. 가. 어서.

디멘터들이 그들의 존재를 감지한다. 사방에서 시커먼 형체들이 비명을 지르며 내려온다.

스네이프   가자! 우린 가야 한다.

스네이프가 스코피어스의 팔을 끌어당긴다. 스코피어스는 마지못해 그와 함께 간다.

헤르미온느가 론을 본다. 론은 자리를 지키고 있다.

헤르미온느   너도 가.

론   사실 디멘터들이 나도 쫓고 있거든. 어느 정도는 말이야. 게다가 정말이지, 지금은 너무 아프다고. 그리고 난 그냥 여기 있고 싶어. 엑스펙토—

론이 손을 뻗어 올리며 주문을 외우려고 하자 헤르미온느가 그의 팔을 잡는다.

헤르미온느   우리가 디멘터들을 잡고 있어야 저 애가 성공할 확률이 높아지지.

론이 그녀를 보고 서글프게 고개를 끄덕인다.

헤르미온느   딸도 있고 아들도 있대.

론이 그녀를 보고 부드럽게 미소 짓는다. 그들은 온전히, 진심으로 서로를 사랑하고 있다.

론   아들이 있다니. 나도 그 부분이 마음에 들더라.

론은 주위를 둘러본다. 자신의 운명을 알고 있다.

난 무서워.

헤르미온느 키스해 줘.

론은 잠시 생각하다가 헤르미온느에게 입을 맞춘다. 디멘터들이 내려오고 두 사람은 홱 잡아당겨져 서로에게서 떨어진다. 바닥으로 내리꽂혔다가 허공으로 끌려 올라간다. 두 사람의 몸에서 황금빛의 희끄무레한 아지랑이가 새어 나오는 광경이 보인다. 그들의 영혼이 빨려 나온 것이다. 무시무시한 광경이다. 무대 뒤쪽에 스코피어스와 스네이프가 다시 나타난다. 그들은 두 사람이 이미 희생되었음을 깨닫는다.

스네이프 어서 호수로 내려가자. 걸어. 달리지 말고.

스네이프는 스코피어스를 본다.

마음을 가라앉혀, 스코피어스. 디멘터들은 앞을 보지 못하지만 두려움은 감지할 수 있거든.

스코피어스 저들이 방금 두 분의 영혼을 빨아들였어요.

디멘터 하나가 그들 위로 휙 하고 낮게 내려와 스코피어스 앞에 자리 잡는다.

스네이프 다른 걸 생각해라, 스코피어스. 다른 생각으로 네 머릿속을 채워.

그러나 스코피어스는 다른 생각을 떠올릴 수 없다.

스코피어스 추워요. 아무것도 보이지 않아요. 머릿속에…… 주위에 온통 안개가 껴 있어요.

스네이프 넌 스콜피언 킹이고 난 교수다. 저들은 합당한 이유가 있어야만 공격해. 네가 사랑하는 사람들, 네가 이 일을 하는 이유를 생각해라.

스코피어스 (완전히 사로잡혀서) 엄마 목소리가 들려요. 엄마는 나를…… 내 도움을 원하지만 내가 도울 수 없다는 걸 알아요.

스네이프 내 말 잘 들어라, 스코피어스. 알버스를 생각해. 넌 알버스를 위해 네 왕국을 포기하는 거다. 그렇지?

스코피어스는 속수무책이다. 디멘터가 유도하는 감정에 완전히 사로잡혀 있다. 스네이프는 스코피어스

를 구제하려면 그의 마음을 열어야 한다는 사실을 안
다.

스네이프 한 사람. 딱 한 사람만 있으면 된다. 난 릴리를 위해
해리를 구하려 했지만 그러지 못했다. 그래서 지금
릴리가 믿었던 대의에 전념하고 있지. 그러다 보니
나 스스로도 그 대의를 믿기 시작한 것 같구나.

스코피어스는 디멘터에게서 단호하게 물러선다.

스코피어스 세상이 바뀌면 우리도 함께 바뀌어요. 저한텐 이쪽
세상이 더 유리하죠. 하지만 이 세상이 더 좋은 건
아니에요. 저는 이런 세상을 원치 않아요.

갑자기 스코피어스와 스네이프 뒤에 덜로리스 엄브
리지가 나타난다.

덜로리스 엄브리지 스네이프 교수님!
스네이프 엄브리지 교수님.
덜로리스 엄브리지 소식 들었어요? 반역자 머드블러드 헤르미온
느 그레인저가 붙잡혔어요. 여기에 있었다던데.

스네이프　그거…… 정말 잘됐군요.

　　　　　덜로리스는 스네이프를 빤히 바라본다. 스네이프도
　　　　　그녀를 본다.

덜로리스 엄브리지　교수님과 함께요. 그레인저가 스네이프 교수님
　　　　　과 함께 있었다고 하더군요.

스네이프　저랑 있었다고요? 잘못 아셨겠죠.

덜로리스 엄브리지　교수님과 스코피어스 말포이가 함께 있었다고
　　　　　하던데. 그렇지 않아도 요즘 스코피어스 말포이가
　　　　　점점 걱정되던 참이었거든요.

스코피어스　그게…….

스네이프　교수님, 저희가 수업에 늦어서요. 괜찮으시다면 저
　　　　　희는 이만…….

덜로리스 엄브리지　수업에 늦었다면서 왜 학교 쪽으로 돌아가지
　　　　　않죠? 왜 호수 쪽으로 가는 거예요?

　　　　　잠시 완벽한 정적이 흐른다. 이윽고 스네이프는 좀
　　　　　처럼 하지 않던 행동을 한다. 바로, 미소를 짓는 것
　　　　　이다.

스네이프   언제부터 의심하셨죠?

덜로리스 엄브리지가 허공으로 떠오른다. 두 팔을 넓게 벌린다. 어둠의 마법에 한껏 도취한다. 그러곤 지팡이를 꺼낸다.

덜로리스 엄브리지 수년 전부터죠. 진작 조치를 취했어야 했는데.

스네이프가 한발 앞서 지팡이를 휘두른다.

스네이프   데풀소!

덜로리스가 뒤로 붕 날아간다.

저 여자는 너무 요란을 떨어 대서 늘 뭐가 안 된다니까. 이젠 돌이킬 수 없어.

그들 주위의 하늘이 계속해서 더욱 컴컴해진다.

엑스펙토 패트로눔!

스네이프가 패트로누스를 내보낸다. 흰색의 아름다운 암사슴이다.

스코피어스 암사슴? 릴리라는 분의 패트로누스잖아요.

스네이프 참 이상하지? 내면의 작용이라는 거 말이다.

그들 주위에 디멘터들이 나타나기 시작한다. 스네이프는 그것이 무엇을 의미하는지 알고 있다.

넌 어서 가라. 내가 저들을 최대한 따돌릴 테니.

스코피어스 제게 어둠 속의 빛이 되어 주셔서 감사해요.

스네이프는 지극히 영웅다운 모습으로 스코피어스를 보며 부드럽게 미소 짓는다.

스네이프 알버스, 알버스 세베루스에게 전해라. 그 애가 내 이름을 물려받은 걸 내가 자랑스러워한다고. 이제 가거라. 어서!

암사슴이 스네이프를 본다. 스네이프는 암사슴에게 고개를 끄덕여 준다. 그러자 암사슴은 스코피어스를 돌아본 후 달리기 시작한다.

스코피어스는 잠시 생각한 뒤 암사슴을 따라 달린다. 주변 세상은 점점 더 기괴해진다. 한쪽에서 등골 오싹한 비명이 들려온다. 그는 호수를 보고 그 안으로 몸을 던진다.

스네이프는 마음의 준비를 한다.

디멘터들이 내려오고 스네이프는 바닥으로 세차게 내리꽂힌 뒤, 영혼이 떨어져 나가면서 허공으로 높이 떠오른다. 비명이 몇 배 더 커진 듯하다.

암사슴이 아름다운 눈으로 그를 돌아보고 사라진다.

펑 하는 소리와 함께 섬광이 번쩍인다. 이윽고 정적이 흐른다. 계속 정적이 이어진다.

너무도 고요하고 너무도 평화롭다. 이보다 더 평온할 수는 없다.

이윽고 스코피어스가 수면으로 올라온다. 숨을 몰아쉬며. 그는 주위를 두리번거린다. 겁에 질려 계속 숨을 몰아쉰다. 그러곤 하늘을 올려다본다. 하늘은 틀림없이 아까보다 더 푸르러 보인다.

더없이 평온한 상태가 잠시 이어진다.

이윽고 알버스가 스코피어스를 따라 올라온다. 침묵이 흐른다. 스코피어스는 믿기지 않는다는 듯 알버스를 바라본다. 둘 다 숨을 들이마시고 내뱉는다.

알버스   우어!

스코피어스의 얼굴에 진한 미소가 퍼져 나간다.

스코피어스   알버스!

알버스   큰일 날 뻔했어! 그 인어 봤어? 뭔가를 들고 있었잖아— 그리고 그 이상한 괴수— 우어!

스코피어스   너 돌아왔구나!

알버스   그런데 좀 이상했어. 난 세드릭이 부풀기 시작했다고 생각했는데…… 갑자기 다시 줄어들더라고……. 그리고 널 봤는데 네가 지팡이를 꺼내서…….

스코피어스   널 다시 봐서 얼마나 기쁜지 넌 정말 모를 거야.

알버스   우리 2분 전에 봤잖아.

스코피어스는 물속에서 알버스를 껴안는다. 쉽지 않은 일이다.

스코피어스   그 뒤로 많은 일이 있었어.

알버스   조심해. 그러다 나 빠져 죽겠어. 넌 뭘 입고 있어?

스코피어스 내가 뭘 입고 있냐고? (망토를 벗는다) 넌 뭘 입고 있어? 됐어! 너도 슬리데린이야.

알버스 성공한 거야? 우리가 해낸 거야?

스코피어스 아니. 그래서 끝내준다는 거지.

알버스는 믿을 수 없다는 듯이 그를 본다.

알버스 뭐? 우리 실패했구나.

스코피어스 그래. **맞아. 그게 굉장한 일이라고.**

스코피어스는 물을 세게 튀긴다. 알버스가 물가로 몸을 이끌고 나온다.

알버스 스코피어스. 너 또 단것을 너무 많이 먹은 거 아냐?

스코피어스 아아, 역시. 정색하는 알버스의 유머. 내가 그걸 얼마나 사랑한다고!

알버스 난 슬슬 걱정되기 시작하는데…….

해리가 등장해 물가로 달려온다.
드레이코와 지니, 맥고나걸 교수가 해리를 바싹 뒤쫓아 온다.

해리　　　　알버스. 알버스. 괜찮니?

스코피어스　(지나치게 즐거워하며) 해리 아저씨! 해리 포터다! 그리고 지니 아주머니. 그리고 맥고나걸 교수님. 그리고 아빠. 우리 아빠. 저예요, 아빠.

드레이코　　안녕, 스코피어스.

알버스　　　모두 오셨네요.

지니　　　　머틀한테 다 들었어.

알버스　　　어떻게 된 일이에요?

맥고나걸 교수　시간 여행을 하고 온 사람은 너잖니. 네가 얘기해 주면 어떨까?

　　　　　　그 순간 스코피어스는 그들이 다 알고 있다는 사실을 알아차린다.

스코피어스　안 돼. 아, 이런. 그게 어디 갔지?

알버스　　　저희가 뭘 하고 왔다고요?

스코피어스　잃어버렸어! 타임 터너를 잃어버렸다고.

알버스　　　(몹시 짜증스러운 얼굴로 스코피어스를 보며) 뭘 잃어버렸다고?

해리　　　　이제 시치미 뗄 생각은 하지 마라, 알버스.

맥고나걸 교수　너희가 설명해야 할 일이 있는 것 같구나.

3막 10장

호그와트, 교장실

깊이 뉘우치는 듯 보이는 스코피어스와 알버스의 뒤에 드레이코와 지니, 해리가 서 있다. 맥고나걸 교수는 몹시 화나 있다.

맥고나걸 교수 분명하게 짚어 보자꾸나. 그러니까 너희는 규정을 어기고 호그와트 급행열차에서 뛰어내린 뒤, 마법 정부에 무단 침입해 절도를 하고, 멋대로 시간을 바꿔 두 사람을 사라지게 만들고―

알버스 제가 들어도 잘한 일 같지는 않네요.

맥고나걸 교수 사라진 휴고와 로즈 그레인저위즐리를 되돌려 놓기 위해 다시 과거로 돌아가 이번엔 두 사람이 아니라 수많은 사람을 사라지게 만들고, 심지어 네 아빠까지 죽인 데다, 그 과정에서 세상 사람들 모두가 알

73

고 있는 가장 사악한 마법사를 부활시켜 새로운 어
둠의 마법 시대를 열었다는 얘기구나. (냉정하게) 네
말이 맞다, 포터 군. 잘한 일 같지는 않구나. 그렇
지? 너희가 얼마나 어리석은 짓을 했는지 알겠니?

스코피어스 네, 교수님.

알버스는 잠시 망설인다. 그러곤 해리를 본다.

알버스 네.

해리 교수님, 괜찮으시다면 제가—

맥고나걸 교수 (날카롭게) 안 돼. 부모로서 어떤 조치를 취할지는
자네가 알아서 할 일이지만, 여긴 내 학교고 이 아이
들은 내 학생들이야. 그러니까 이 아이들에게 어떤
처벌을 내릴지도 내가 결정하겠네.

드레이코 그 편이 옳은 것 같습니다.

해리가 지니를 보자, 지니는 고개를 가로젓는다.

맥고나걸 교수 너희 같은 애들은 쫓아내야 마땅하지만 (해리를 보
며) 모든 것을 고려했을 때 내가 직접 관리하는 편이
더 안전하겠다는 생각이 드는구나. 너희는 한동안

근신이다. 올해가 끝날 때까지 아무 데도 못 간다고
생각해라. 크리스마스도 없다. 호그스미드에 가는
건 꿈도 꾸지 말고. 그리고 이건 시작에 불과해⋯⋯.

갑자기 헤르미온느가 들이닥친다. 매우 전투적이고
결의에 찬 모습이다.

헤르미온느   제가 놓친 거라도?

맥고나걸 교수   (무섭게) 방에 들어올 때는 노크를 하는 것이 예의
일 텐데, 헤르미온느 그레인저. 그걸 놓친 것 같군.

헤르미온느   (자신이 지나쳤다는 사실을 깨닫고) 아.

맥고나걸 교수   총리에게도 근신 처분을 내릴 수 있다면 그렇게 하
고 싶군. 타임 터너를 갖고 있다니, 어떻게 그렇게
어리석은 일을!

헤르미온느   변명을 하자면—

맥고나걸 교수   그것도 *책장*에. 그런 걸 책장에 보관하다니! 기가
차는군.

헤르미온느   교수님. (숨을 한 번 들이쉰다. 자신의 실수를 깨닫는다)
맥고나걸 교수님—

맥고나걸 교수   그 집 아이들이 태어나지도 않았다잖아!

헤르미온느는 그 말에 아무런 대꾸도 하지 않는다.

이런 일이 내 학교에서, 내 코앞에서 벌어지다니. 덤 블도어 교수님이 그렇게 많은 일을 하고 가셨는데, 내가 날 어떻게 용서하라고……

헤르미온느 알겠어요.

맥고나걸 교수는 잠시 마음을 가라앉힌다. 그러곤 엄한 얼굴로 두 소년을 돌아본다.

맥고나걸 교수 (알버스와 스코피어스에게) 세드릭을 구하겠다고 마 음먹은 건 잘못된 판단이었다 하더라도 높이 평가할 일이었다. 너희 둘 다 용감하게 행동한 것 같구나. 하지만 스코피어스 그리고 너 알버스, 네 아빠도 때 때로 이 교훈을 가볍게 흘려버리곤 했지. 바로, 용 기만으로는 어리석음을 무마할 수 없다는 교훈 말이 다. 늘 생각해야 한다. 어떤 일이 일어날 수 있는지 늘 생각해야 해. 볼드모트가 지배하는 세상은—

스코피어스 무시무시한 세상이었어요.

맥고나걸 교수 너희는 너무 어려. (해리와 드레이코, 지니, 헤르미온 느를 본다) 자네들도 모두 마찬가지야. 마법 세계의 전쟁이 얼마나 암울했는지 아무도 모를 거야. 모두들 너무 경솔했어. 지금 우리가 누리는 이 세상을 이루고 유지하기 위해 소중한 사람들, 나와 자네들의 소중한 친구들이 얼마나 큰 희생을 치렀는데.

알버스   알겠습니다, 교수님.

스코피어스   잘 알겠습니다, 교수님.

맥고나걸 교수   됐다. 나가 봐. 전부 다. 그리고 타임 터너를 찾아오도록.

3막 11장

호그와트, 슬리데린 기숙사

알버스가 자신의 방에 앉아 있다. 해리가 들어와 아들을 바라본다. 화가 치밀지만 섣불리 쏟아 내지 않으려고 조심한다.

해리　　들어오게 해 줘서 고맙다.

　　　　알버스가 몸을 돌려 아빠를 향해 고개를 까딱한다.
　　　　알버스 역시 조심스럽다.

　　　　아직 타임 터너를 찾지 못했어. 지금 호수 바닥을 훑어보려고 인어들과 협상을 벌이고 있단다.

　　　　해리는 편치 않게 자리에 앉는다.

방 좋네.

알버스 초록색은 마음을 편안하게 해 주잖아요? 그리핀도르 방들도 좋긴 한데, 아무래도 빨간색은 좀…… 빨간색은 사람을 조금 자극한다고 하잖아요. 비난하려는 건 아니고…….

해리 왜 이런 일을 벌였는지 설명해 줄래?

알버스 제가 바꿀 수 있다고 생각했어요……. 세드릭이…… 이건 불공평해요.

해리 당연히 불공평한 일이지, 알버스. 아빠는 그걸 모른다고 생각하니? 아빤 그 자리에 있었어. 세드릭이 죽는 걸 직접 봤다고. 하지만 그래도 이러는 건…… 이렇게 위험한 일을 벌이는 건…….

알버스 저도 알아요.

해리 (더 이상 화를 억누르지 못한다) 혹시 나처럼 하려고 했다면, 네가 잘못 생각했어. 나는 모험을 자청한 게 아니라 어쩔 수 없이 한 거야. 넌 정말 경솔한 짓을 했어. 정말 어리석고 위험하고…… 너 때문에 모든 게 무너질 수도 있었어—

알버스 알아요. 저도 안다고요.

사이. 알버스가 눈물 한 방울을 닦는다. 해리가 눈치

채고 심호흡을 한다. 아슬아슬한 순간에 자신을 다
잡는다.

해리　　아빠도 잘못하긴 했지. 스코피어스가 볼드모트의
아들이라고 생각한 거. 그 애는 검은 구름이 아니었
어.

알버스　　맞아요.

해리　　그리고 그 지도도 치워 버렸다. 다신 못 볼 거야. 네
가 뛰쳐나간 뒤로 엄마가 네 방을 그대로 둔 거 아
니? 아빠도 못 들어가게 하고……. 아무도 못 들어
가게 했어. 네 엄마가 얼마나 겁먹었는지 몰라…….
아빠도 그랬고.

알버스　　정말 겁이 났어요?

해리　　그럼.

알버스　　해리 포터는 두려워하는 게 없는 줄 알았는데요?

해리　　너한텐 내가 그렇게 보이니?

알버스는 아빠를 보며, 아빠를 파악하려 애쓴다.

알버스　　스코피어스가 아직 얘기하지 않은 것 같은데, 첫 번
째 과제에서 과거를 바꾸려다가 실패하고 돌아왔을

때 제가 갑자기 그리핀도르에 가 있더라고요. 그런데도 아빠와 제 사이는 조금도 나아지지 않았어요. 그러니까 제가 슬리데린에 오게 된 거…… 그게 우리 문제의 원인은 아니에요. 그것 때문만은 아니라고요.

해리 그래. 아빠도 알아. 그것 때문만은 아니지.

해리는 알버스를 본다.

괜찮니, 알버스?

알버스 아뇨.

해리 그래. 아빠도 괜찮지 않구나.

3막 12장

고드릭 골짜기, 묘지, 꿈

어린 해리가 꽃다발들로 뒤덮인 묘비를 바라보며 서 있다. 그의 손에도 작은 꽃다발 하나가 들려 있다.

피튜니아 이모 어서 끝내렴. 빨리 그 허접한 꽃다발을 내려놓고 가자꾸나. 난 벌써부터 이 지저분하고 작은 마을에 진저리가 나. 내가 왜 여기 올 생각을 했는지 모르겠다. 고드릭 골짜기인지 고물 골짜기인지, 여긴 틀림없이 불결한 것들로 가득 차 있을 거야. 자, 빨리빨리 끝내라.

어린 해리가 무덤으로 다가간다. 그러곤 잠시 그대로 서 있는다.

애, 해리…… 이럴 시간이 없어. 오늘 저녁에 더들리가 컵스카우트* 모임에 가야 해. 그 앤 지각하는 걸 싫어하잖니.

어린 해리 피튜니아 이모. 우리 부모님 가족 중에 살아 있는 사람은 우리뿐이죠?

피튜니아 이모 그래. 너하고 나뿐이지. 맞아.

어린 해리 두 분 다 인기가 없었다고 하셨죠? 친구가 한 명도 없었다고 하셨잖아요.

피튜니아 이모 릴리는 노력을 많이 했어. 그 애에게 축복이 있길. 노력을 참 많이 했지. 그 애 잘못은 아니지만 천성적으로 사람을 밀어내는 아이였거든. 너무 센 구석이 있었어. 태도가 좀 그랬다고 할까. 사람을 대하는 방식에 문제가 있었지. 그리고 네 아빠는…… 아주 기분 나쁜 사람이었다. 말할 수 없이 기분 나쁜 사람이었지. 친구가 없었어. 둘 다.

어린 해리 그러니까 제가 궁금한 게 있는데요, 여기에 꽃이 왜 이렇게 많을까요? 왜 우리 부모님 무덤이 꽃으로 뒤덮여 있죠?

---

* 스카우트 그룹은 영국 최대의 청소년 단체이다. 컵스카우트는 스카우트 그룹의 두 번째 분류로, 만 여덟 살에서 열 살 사이의 어린이들로 구성되어 있다.

피튜니아 이모는 주위를 둘러보고 마치 그 꽃다발들을 처음 본다는 듯이 크게 동요한다. 그녀는 동생의 무덤으로 다가가 그 옆에 앉는다. 밀려드는 감정을 억누르려고 안간힘을 쓰지만 결국 주체하지 못한다.

피튜니아 이모 아, 그래. 뭐, 친구 한두 명쯤은 있었겠지. 틀림없이 다른 무덤에서 바람에 날려 왔을 거야. 누가 장난을 쳤거나. 그래, 아무래도 그쪽이 맞는 것 같다. 어떤 할 일 없고 어린 말썽쟁이가 다른 무덤에 있는 꽃들을 전부 모아다가 여기에 갖다 놓은 모양이야—

어린 해리 하지만 꽃다발마다 두 분의 이름이 적혀 있는걸요……. 릴리와 제임스, 우리는 두 사람이 한 일을 결코 잊지 않을 거야……. 릴리와 제임스, 두 사람의 희생은—

볼드모트 죄책감의 냄새가 나는군. 고약한 죄책감의 냄새가 대기를 떠돌고 있어.

피튜니아 이모 (어린 해리에게) 물러서. 거기서 물러서라.

그녀는 해리를 끌어낸다. 포터 부부의 묘비 위로 볼드모트의 손이 올라오고, 뒤이어 몸이 온전히 드러난다. 볼드모트의 얼굴은 보이지 않지만, 그의 몸은

들쭉날쭉하고 무시무시한 모양새를 하고 있다.

이럴 줄 알았어. 여긴 위험해. 빨리 이 고드릭 골짜기를 떠나는 게 좋겠구나.

어린 해리는 무대에서 끌려 나가며 볼드모트를 돌아본다.

볼드모트 아직도 내 눈을 통해 보고 있나, 해리 포터?

어린 해리가 불안에 떨며 퇴장할 때 볼드모트의 망토 안에서 알버스가 튀어나온다. 알버스는 아빠를 향해 필사적으로 손을 뻗는다.

알버스 아빠…… 아빠…….

뱀의 말로 속삭이는 소리가 들린다.
그가 오고 있다. 그가 오고 있다. 그가 오고 있다.
그러고는 비명이 이어진다.
객석 바로 뒤에서 속삭이는 소리가 흘러나와 모두를 에워싼다. 누구나 알아챌 그 목소리. 볼드모트의 목소리다…….

해애리 포오터…….

3막 13장

해리와 지니 포터의 집, 부엌

해리는 참담해 보인다. 자신의 꿈이 무언가를 예고하는 것 같아 겁에 질려 있다.

지니	해리? 해리? 왜 그래? 비명을 지르던데…….
해리	아직 끝나지 않았어. 꿈 말이야.
지니	바로 끝나진 않겠지. 그동안 스트레스가 심했고—
해리	하지만 난 피튜니아 이모와 함께 고드릭 골짜기에 간 적이 없어. 이건—
지니	해리, 무섭게 왜 그래.
해리	그가 아직 여기에 있어, 지니.
지니	누가 있다는 거야?
해리	볼드모트. 볼드모트와 알버스가 보였어.

지니   알버스……?

해리   그가, 그러니까 볼드모트가 이렇게 말했어. "죄책감
의 냄새가 나는군. 고약한 죄책감의 냄새가 대기를
떠돌고 있어." 나한테 하는 말이었어.

　　　　　해리가 지니를 본다. 그가 자신의 흉터를 만진다. 지
　　　　　니의 얼굴이 굳는다.

지니   해리, 알버스가 아직도 위험한 걸까?

　　　　　해리의 얼굴이 창백해진다.

해리   우리 모두 위험한 것 같아.

　　　　　　　　　　　━━━━━

3막 14장

호그와트, 슬리데린 기숙사

두 소년 모두 잠을 자야 하는 시간이지만 스코피어스는 좀처럼 잠을 이루지 못한다.

그는 자기 침대에서 나와 알버스의 침대 머리 너머로 으스스하게 상체를 내민다.

스코피어스   알버스…… 저기…… 알버스.

　　　　　그러나 알버스는 깨지 않고, 그러자 스코피어스는 버럭 화를 낸다.

알버스!

알버스가 화들짝 놀라며 잠에서 깬다. 스코피어스는 웃음을 터트린다.

알버스   재밌어 죽겠네. 이렇게 재미있고 하나도 안 무섭게 깨우다니.

스코피어스   정말 이상해. 상상하기 힘들 정도로 무시무시한 곳에 갔다 왔더니 겁이 많이 없어졌어. 난 이제 '두려울' 게 없는 스코피어스야. '겁 없는' 말포이라고.

알버스   잘됐네.

스코피어스   원래 같았으면 이렇게 오랫동안 외출도 못 하고 근신하는 게 엄청 괴로웠을 거야. 그런데 지금은 이런 생각이 든다니까. 벌이라 봐야 얼마나 무섭겠어? 썩고 있는 볼드모트를 불러내서 날 고문하게 한대? 그럴 리가 없지.

알버스   그거 알아? 네가 기분이 좋으면 좀 무섭더라.

스코피어스   오늘 마법약 수업 시간에 로즈가 나한테 와서 빵 대가리라고 하는데, 하마터면 그 애를 껴안을 뻔했다니까. 아니, 하마터면이 아니라 정말 껴안으려고 했는데 로즈가 내 정강이를 걷어찼어.

알버스   두려움이 없어진 게 네 건강에 이로운지는 잘 모르겠다.

스코피어스는 알버스를 본다. 스코피어스의 얼굴이
점점 생각에 잠기는 듯 보인다.

스코피어스 여기로 돌아와서 얼마나 좋은지 넌 모를 거야, 알버
스. 거긴 정말 끔찍했거든.

알버스 폴리 채프먼이 너를 좋아하는 것만 빼고 말이지.

스코피어스 세드릭은 완전히 다른 사람이 됐어. 어둡고 위험한
사람. 우리 아빠는 그들이 원하는 건 무엇이든 들어
주고 있었고. 난 또 어땠게? 완전히 다른 스코피어
스를 발견했다니까. 권위적이고 다혈질인 데다 못
돼 먹었어. 다들 날 무서워했지. 꼭 우리 모두 시험
에 들었는데 전부 다 실패한 것 같은 느낌이었어.

알버스 하지만 네가 다 바꿔 놓았잖아. 기회를 잡았고, 세상
을 다시 바꿔 놓았어. 너 자신도 되찾았고.

스코피어스 내가 어떤 사람으로 살아야 할지 알았기 때문이야.

알버스는 이 말을 곱씹어 본다.

알버스 혹시 나도 시험을 치른 걸까? 그렇겠지?

스코피어스 아니. 넌 아직 아니야.

알버스 그렇지 않아. 처음에 과거로 갔던 건 그리 멍청한 짓

이 아니었어. 누구나 그런 실수는 할 수 있잖아. 건 방지게 또 한 번 과거로 간 거, 그게 정말 멍청한 짓 이었지.

스코피어스 우리 둘이 함께 갔잖아, 알버스.

알버스 내가 왜 그렇게 이 일을 하려고 했는지 알아? 세드 릭 때문에? 정말? 아니야. 난 뭔가 보여 주고 싶었 어. 아빠 말씀이 옳아. 우리 아빠는 모험을 자처하지 않았어. 이번에는, 모든 게 내 잘못이야. 그리고 네 가 아니었다면 이 세계가 어둠의 세상으로 변해 버 렸을 수도 있어.

스코피어스 하지만 그러지 않았잖아. 그리고 그 일에선 너도 나 못지않게 큰 공을 세웠어. 디멘터들이…… 내 머릿 속을 장악했을 때…… 세베루스 스네이프 교수님이 너를 생각하라고 하셨거든. 알버스, 너는 거기에 없 었지만 함께 싸운 셈이야. 내 곁에서 함께 싸웠다고.

알버스는 고개를 끄덕인다. 스코피어스의 말에 가슴 이 뭉클하다.

그리고 세드릭을 구하는 일은…… 사실 그렇게 나쁜 생각은 아니었어. 어쨌든 내 생각으로는 그래. 하지

만 너도 알지? 두 번 다시 똑같은 일을 저질러선 안

된다는 거.

알버스 그래. 알아. 이제 확실히 알았어.

스코피어스 좋아. 그럼 이걸 없애는 걸 도와주면 되겠네.

스코피어스가 베개 밑에서 타임 터너를 꺼내 알버스

에게 보여 주자 알버스는 깜짝 놀란다.

알버스 사람들한테는 호수 바닥에 가라앉았다고 말하지 않

았어?

스코피어스 알고 보니까 겁 없는 말포이가 거짓말을 꽤 잘하더

라고.

알버스 스코피어스, 누군가한테 알려야 해…….

스코피어스 누구한테? 전에는 마법 정부가 보관하고 있었잖아.

그들이 이걸 또 보관하지 않을 거라고 믿을 수 있

어? 이 물건이 얼마나 위험한지 겪어 본 사람은 너

랑 나뿐이야. 그러니까 너랑 내가 파괴해야 해. 우리

가 했던 일을 누군가가 되풀이해선 안 되잖아, 알버

스. 누구도 되풀이해선 안 돼. 안 된다고. (거창하게)

이제 시간 여행은 과거의 것이 되어야 할 때야.

알버스 (친구를 보고 미소 지으며) 네가 말해 놓고도 뿌듯하

지?

스코피어스 (빙긋 웃으며) 이거 생각해 내는 데 하루 종일 걸렸
어.

3막 15장

호그와트, 슬리데린 기숙사

해리와 지니가 잰걸음으로 기숙사를 가로지른다. 크레이그 보커 2세가 그들 뒤를 따라간다.

크레이그 보커 2세 다시 한 번 말씀드릴까요? 이건 교칙 위반이에요. 지금은 한밤중이잖아요.

해리 내 아들을 찾아야 해.

크레이그 보커 2세 포터 아저씨, 아저씨가 누구신지는 알지만 아무리 아저씨라도 학부모나 교사가 특별 허가서도 없이 기숙사 안으로 들어오는 건 교칙에 어긋난다는 점을 이해해 주셔야……

그들 뒤에서 맥고나걸 교수가 급하게 들어온다.

맥고나걸 교수 피곤하게 굴지 마라, 크레이그.

해리 저희 전갈을 받으셨어요? 다행이네요.

크레이그 보커 2세 (놀라며) 교장 선생님, 저는, 저는 단지 —

해리가 한 침대의 커튼을 젖힌다.

맥고나걸 교수 없어?

해리 네.

맥고나걸 교수 말포이 군은?

지니가 다른 침대의 커튼을 젖힌다.

지니 아아, 없어요.

맥고나걸 교수 그럼 학교를 탈탈 털어야지. 크레이그, 우린 할 일
이 있을 것 같구나…….

지니와 해리가 침대를 응시하고 있다.

지니 지난번이랑 똑같은 상황 아니야?

해리 왠지 이번에는 느낌이 훨씬 더 안 좋아.

지니는 잔뜩 겁에 질려 남편을 본다.

지니 알버스 만났었지?

해리 응.

지니 기숙사로 와서 만났어?

해리 그랬다는 거 알잖아.

지니 우리 아들한테 뭐라고 했어, 해리?

해리는 아내의 목소리에서 원망을 느낀다.

해리 당신이 말한 대로 솔직하게 대하려고 노력했어. 다른 얘긴 안 했어.

지니 잘 참았어? 흥분하지는 않았고?

해리 ……그런 것 같은데……. 또 내가 화내서 도망갔다고 생각하는 거야?

지니 실수 한 번, 아니 두 번은 용서할 수 있어, 해리. 하지만 실수가 거듭될수록 자길 용서하기가 점점 더 어려워져.

3막 16장

호그와트, 부엉이장

은빛으로 둘러싸인 옥탑에 스코피어스와 알버스가 나타난다.
그들 주위에서 부엉이들이 나지막하게 울어 댄다.

스코피어스　　그냥 간단히 컨프링고 주문을 쓰면 될 것 같아.

알버스　　그건 안 돼. 이 정도 물건에는 엑스펄소를 써야지.

스코피어스　　엑스펄소라고? 엑스펄소를 쓰면 앞으로 며칠 동안
　　　　은 이 부엉이장에서 타임 터너의 파편들을 치워야
　　　　할걸.

알버스　　봄바르다는 어때?

스코피어스　　호그와트 사람들을 다 깨우자고? 스튜페파이가 좋
　　　　겠다. 원래 다른 타임 터너들도 스튜페파이로 파괴
　　　　되었으니까…….

알버스 바로 그거야. 이미 써먹은 거잖아. 새로운 걸 해 보자. 뭔가 재미있는 거.

스코피어스 재미있는 거? 알버스, 많은 마법사가 적절한 마법을 선택하는 게 얼마나 중요한지를 쉽게 간과하는데, 사실 이건 아주 중요한 일이야. 나는 이 부분이 현대 마법에서 너무 과소평가된다고 생각해.

델피 '이 부분이 현대 마법에서 너무 과소평가'된다니, 너희 둘 정말 대단한 거 알아?

　　　　스코피어스가 고개를 들더니, 어느새 뒤에 나타난 델피를 보고 깜짝 놀란다.

스코피어스 와. 여긴…… 어떻게…… 여긴 어쩐 일이에요?

알버스 부엉이를 보내는 일도 중요하다고 느꼈거든. 델피에게 우리가 뭘 하려는지 알려 줘야 할 것 같아서.

　　　　스코피어스는 원망하는 눈초리로 친구를 본다.

델피와도 관련 있는 일이잖아.

　　　　스코피어스는 잠시 생각한 뒤 고개를 끄덕이며 수긍

한다.

델피　　나랑 관련이 있다고? 무슨 일인데?

　　　　　알버스는 타임 터너를 꺼낸다.

알버스　　이 타임 터너는 파괴해야 해요. 두 번째 과제를 뒤엎은 뒤에 스코피어스가 보고 온 세상이…… 정말 죄송해요. 더 이상 위험을 무릅쓰고 과거로 갈 수는 없어요. 우린 델피의 사촌을 구할 수 없어요.

　　　　　델피는 타임 터너를 본 다음 두 소년을 본다.

델피　　네가 보낸 편지에는 이런 얘기가 없었는데…….

알버스　　최악의 세상을 상상한 뒤 거기에 2를 곱해 보세요. 사람들이 고문당하고, 사방에 디멘터들이 깔려 있고, 볼드모트가 독재를 하고, 우리 아빠는 죽었고, 나는 태어나지도 않았고, 세상은 온통 어둠의 마법에 둘러싸여 있는 그런 세상 말이에요. 그런 일이 일어나게 둘 수는 없잖아요.

델피는 주춤한다. 이윽고 그녀의 얼굴이 풀어진다.

델피 볼드모트가 통치를? 그가 살아 있었어?

스코피어스 그가 모든 것을 지배하고 있었어요. 끔찍한 세상이
었죠.

델피 우리가 한 일 때문에?

알버스 세드릭은 굴욕을 당한 뒤 분노에 찬 청년으로 자랐
고 결국 죽음을 먹는 자가 되었어요……. 그래서 모
든 게 틀어져 버렸죠. 완전히 틀어졌어요.

델피는 스코피어스의 얼굴을 주의 깊게 살핀다. 델
피의 얼굴이 굳는다.

델피 죽음을 먹는 자?

알버스 그리고 살인도 했어요. 롱보텀 교수님을 죽였죠.

델피 그렇다면 당연히…… 이걸 파괴해야지.

알버스 이해하죠?

델피 당연히 이해하고말고. 세드릭도 이해했을 거야. 함
께 이걸 파괴한 다음, 삼촌한테 가자. 가서 상황을
설명해 드리자.

알버스 고마워요.

델피는 그들에게 슬픈 미소를 지어 보인 뒤 타임 터너를 가져간다. 그것을 보는 그녀의 표정이 조금 변한다.

와, 멋진 징표인데요.

델피   응?

델피의 망토가 느슨하게 내려와 있다. 그녀의 목덜미에 어거레이 문신이 보인다.

알버스   뒤에 새긴 이 징표요. 여태 몰랐네요. 날개 모양. 이게 머글들이 말하는 문신이에요?

델피   응. 맞아. 사실은 어거레이야.

스코피어스   어거레이?

델피   마법 생명체 돌보기 수업에서 보지 않았니? 울음으로 비를 예고하는, 기분 나쁘게 생긴 검은 새 말이야. 과거에 마법사들은 어거레이의 울음이 죽음을 예언한다고 믿었어. 내가 어릴 때 내 후견인이 새장에 어거레이 한 마리를 키웠거든.

스코피어스   후견인……요?

델피는 스코피어스를 본다. 이제 타임 터너를 손에
넣은 그녀는 이 게임을 즐기고 있다.

델피 그 여자는 그 어거레이의 울음이 내 끔찍한 죽음을
예언한다고 말하곤 했지. 날 별로 좋아하지 않았거
든. 유피미아 롤이라고…… 오로지 금 때문에 날 맡
아 키웠어.

알버스 그런데 왜 그런 새를 문신으로 새겼어요?

델피 미래는 내가 만들어 가는 것이라는 사실을 상기시켜
주니까.

알버스 멋지네요. 저도 어거레이 문신을 새겨야겠는데요.

스코피어스 롤 가문은 죽음을 먹는 자들이었어. 꽤 충성스러웠
지.

스코피어스의 머릿속에서 천 가지 생각이 소용돌이
친다.

알버스 자, 어서 파괴하죠……. 컨프링고? 스튜페파이? 봄
바르다? 어떤 걸로 할까요?

스코피어스 그거 이리 줘요. 타임 터너를 돌려 달라고요.

델피 뭐?

알버스 스코피어스? 너 왜 그래?

스코피어스 어릴 때 아팠다는 얘기, 난 안 믿어요. 호그와트에 다니지 않은 이유가 뭐예요? 지금 여긴 왜 왔죠?

델피 난 내 사촌을 살려 내려는 거야!

스코피어스 그들은 당신을 어거레이 님이라고 불렀어요. 다른 세상에서는 당신을 어거레이 님이라고 불렀다고요.

델피의 얼굴에 서서히 미소가 번진다.

델피 어거레이 님? 그거 마음에 드는데.

알버스 델피?

델피는 아주 민첩하다. 그녀는 지팡이를 휘둘러 스코피어스를 튕겨 낸다. 그녀는 알버스와 스코피어스보다 훨씬 더 강하다. 스코피어스는 델피를 막으려 하지만 델피는 순식간에 그를 제압한다.

델피 풀가리!

스코피어스의 두 팔이 포악한 야광 끈에 묶인다.

스코피어스   알버스, 도망가.

      알버스는 몹시 당황하며 주위를 두리번거린다. 그러
      곤 달리기 시작한다.

델피   풀가리!

      알버스 역시 두 손이 가혹하게 묶인 채로 바닥에 내
      동댕이쳐진다.

겨우 주문 하나밖에 쓰지 않았는데. 난 더 여러 가지
를 써야 할 줄 알았거든. 너희는 에이머스보다 훨씬
더 제압하기가 쉽구나. 애들은, 특히 사내애들은 천
성적으로 참 고분고분하다니까. 안 그래? 자, 그럼
마지막으로 이 난리를 수습해 볼까…….

알버스   하지만 왜요? 무엇 때문에? 대체 당신은 누구죠?

델피   알버스. 난 새로운 과거야.

      델피는 알버스의 지팡이를 빼앗아 부러뜨린다.

새로운 미래이기도 하지.

델피는 스코피어스의 지팡이를 빼앗아 부러뜨린다.

난 이 세상이 찾고 있는 답이야.

3막 17장

마법 정부, 헤르미온느의 사무실

론이 헤르미온느의 책상에 걸터앉아 있고 헤르미온느는 서류들을 살펴보고 있다.

론   자꾸 신경 쓰여. 다른 현실에선 자기랑 내가 결혼하지도 않았다는 사실 말이야.

헤르미온느 론, 무슨 얘기를 하려는 건지 모르겠지만 10분 후면 고블린들이 그린고츠 은행의 보안 문제를 논의하러 올 거거든—

론   아니, 우린 오랫동안 함께했잖아……. 결혼한 지도 오래됐고……. 그러니까 *그렇게* 오랫동안—

헤르미온느 론, 그래서 이 결혼을 깨고 싶다는 얘기를 돌려 하는 거라면, 분명히 말해 두는데 이 깃펜에 꿰어 버릴 줄 알아.

론   조용히 해 봐. 한 번만 입 좀 다물어 주면 안 될까? 어디선가 '리마인드 웨딩'에 관한 글을 읽었는데 우리도 다시 결혼식을 올리면 좋겠다고. 리마인드 웨딩. 어떻게 생각해?

헤르미온느   (누그러들며) 나랑 또 결혼하고 싶어?

론   사실, 우린 너무 어릴 때 결혼했고 난 술에 완전히 취해 있었잖아. 그래서…… 솔직히 잘 기억이 안 나는 데다…… 또…… 진짜로 난 자기를 무지막지하게 사랑하거든, 헤르미온느 그레인저. 다른 세상에선 어떤지 몰라도……. 많은 사람 앞에서 내 사랑을 선언할 기회가 있었으면 좋겠어. 다시 한 번. 맨정신으로 말이야.

헤르미온느는 론을 보며 미소를 짓고는 그를 끌어당겨 입을 맞춘다.

헤르미온느   자기 참 달콤해.

론   자기는 토피 맛이 나.

헤르미온느는 웃음을 터트린다. 두 사람이 한 번 더

입맞춤을 하려고 서로에게 다가가는데 해리와 지니,
드레이코가 들어온다. 론과 헤르미온느는 얼른 떨어
진다.

헤르미온느   해리, 지니, 정말…… 어, 드레이코도…… 정말 반
가워—

해리   꿈 말이야. 다시 시작됐어. 아니, 끝난 게 아니었어.

지니   그리고 알버스가 사라졌어. 또.

드레이코   스코피어스도. 맥고나걸 교수님이 학교를 샅샅이
뒤졌어. 둘 다 없어졌어.

헤르미온느   오러들을 즉시 소환할게. 그리고—

론   아냐, 그럴 필요 없어. 별일 아니야. 알버스 그 녀
석, 내가 어젯밤에 봤거든. 아무 일도 아니라니까.

드레이코   어디서 봤는데?

모두가 론을 돌아보자 론은 잠시 당황한다. 그러나
곧 마구 지껄이기 시작한다.

론   어제 호그스미드에서 네빌하고 파이어위스키를 두
어 잔 걸쳤거든. 다들 그러잖아. 우리처럼 세상을 바
로잡다 보면. 어쨌든 그러고 돌아가는데…… 시간

이 좀 늦었어. 좀 많이 늦었지. 그래서 어떤 플루 가루를 써야 하나 보고 있었거든. 왜, 술에 취하면 너무 몸을 조이는 건 쓰고 싶지 않으니까……. 빙글빙글 도는 것도 싫고……. 또―

지니 오빠, 우리가 오빠 목을 조르기 전에 본론으로 들어가면 안 될까?

론 알버스는 도망간 게 아니야. 조용히 시간을 보내고 있더라고……. 아마도 연상의 여자 친구가 있는 모양이던데―

해리 연상의 여자 친구?

론 그것도 정말 기막힌 여자더라고. 은발이 아주 아름다웠어. 옥탑의 부엉이장 근처에 같이 있던데. 연인 사이에는 *훼방피어스*가 껴 있고 말이야. 난 내 사랑의 묘약이 제대로 쓰여 정말 다행이라고 생각했지.

　　　해리의 머릿속에 무언가가 떠오른다. 계속해서 열두 가지 생각이 뒤를 잇는다. 그중 불길하지 않은 것은 하나도 없다.

해리 머리칼이…… 은색과 푸른색이 섞여 있었어?

론 맞아. 은색하고 푸른색.

해리   델피 디고리를 말하는 것 같군. 에이머스 디고리의
          조카.

지니   또 세드릭 때문이야?

          헤르미온느가 문밖에 대고 소리친다.

헤르미온느   에설. 고블린 회의 취소해.

3막 18장

성 오스왈드 마법사회 노인의 집, 에이머스의 방

해리가 지팡이를 내민 채 드레이코와 함께 걸어 들어온다.

해리   애들 어디 있습니까?

에이머스   해리 포터 선생, 여긴 어쩐 일이신가? 드레이코 말
              포이까지. 영광이군.

해리   제 아들을 이용하신 거 다 압니다.

에이머스   내가 자네 아들을 이용해? 에이. 선생께서…… 선생
              께서 내 어여쁜 아들을 이용하셨지.

드레이코   똑바로 얘기하세요. 알버스와 스코피어스가 어디
              있는지. 그러지 않으면 혹독한 대가를 치르게 될 겁
              니다.

에이머스   그 애들이 어디 있는지 내가 어떻게 알겠나?

드레이코 저희한테 노망난 척할 생각은 마세요, 어르신. 그동안 알버스에게 부엉이를 보낸 거 다 안단 말입니다.

에이머스 난 그런 적 없어.

해리 에이머스, 그 나이에도 아즈카반에 갈 수 있어요. 애들이 사라지기 전에 호그와트의 탑에서 어르신 조카와 함께 있는 모습이 마지막으로 목격됐습니다.

에이머스 난 도무지 무슨 소리인지…… (동작을 멈추고 잠시 어리둥절해한다) 내 조카라고 했나?

해리 정말 끝까지 해볼 작정이시군요……. 그래요, 조카. 그 여자가 어르신의 지시를 받고 호그와트에 갔다는 사실을 부인할 생각이신가 본데…….

에이머스 그래, 그럴 생각이네. 난 조카가 없거든.

　　　　이 말에 해리는 멈칫한다.

드레이코 조카가 없다니요. 여기서 일하는 간호사 말입니다. 어르신 조카잖아요……. 델피니 디고리.

에이머스 내겐 조카가 있을 수 없어. 난 형제자매가 없거든. 내 아내도 마찬가지고.

　　　　해리와 드레이코가 서로를 본다. 에이머스의 말이

무슨 의미인지 깨닫는다.

드레이코   그 여자가 누구인지 알아내야 해. *당장.*

3막 19장

호그와트, 퀴디치 경기장

델피가 등장해 있다. 그녀는 자신의 새로운 신분을 한껏 즐기고 있다. 초조하고 불안정한 모습은 온데간데없고 한결 강해진 모습이다.

알버스　　퀴디치 경기장에는 왜 왔죠?

　　　　　스코피어스가 빠르게 머리를 굴린다.

스코피어스　트라이위저드 대회. 세 번째 과제 때문이겠지. 미로 말이야. 여기가 미로 과제가 치러진 곳이잖아. 우린 또 세드릭을 구하러 가야 할 모양이야.

델피　　그래, 이제 마지막으로 '나머지'를 구하러 가야 해.

우리는 세드릭을 구하러 갈 거야. 그렇게 해서 스코
피어스, 네가 본 세상을 부활해야지…….

스코피어스 거긴 지옥이에요. 지옥을 부활하겠다고요?

델피 난 순수하고 강력한 마법을 되살리고 싶어. 어둠을
부활하고 싶다고.

스코피어스 볼드모트의 부활을 원하는 거예요?

델피 마법 세계의 유일하고 진정한 지배자. 그분이 돌아
오실 거야.

사이.

첫 번째와 두 번째 과제는 이미 너희가 마법으로 범
벅을 해 놨지. 두 과제 모두 적어도 두 번씩은 미래
에서 찾아갔으니 노출되거나 방해받을 위험이 높
아. 세 번째 과제는 아직 건드리지 않았으니까 거기
서 출발하자. 알겠지?

알버스 우리는 세드릭을 막지 않을 거예요. 당신이 뭘 강요
하든, 우린 세드릭이 아빠와 함께 대회에서 우승해
야 한다는 사실을 알고 있거든요.

델피 그냥 막기만 해선 안 돼. 굴욕을 줘야지. 보라색 먼
지떨이로 만든 빗자루를 타고 미로에서 알몸으로 날

116

아오르게 만드는 거야. 전에도 굴욕을 줘서 효과를 봤으니까 이번에도 효과가 있겠지. 그러면 예언이 이뤄질 거야.

스코피어스 예언이 있는 줄은 몰랐는데…… 무슨 예언요?

델피 네가 본 세상, 이 세상은 그렇게 되어야 해, 스코피어스. 오늘 우린 그 세상을 부활할 거야.

알버스 우리는 아니에요. 우린 당신이 시키는 대로 하지 않을 거예요. 당신이 누구든 상관없어요. 우리에게 뭘 시키든 하지 않는다고요.

델피 아니, 하게 될 거야.

알버스 그럼 임페리오 주문을 써야 할걸요. 날 조종해야 할 거예요.

델피 아니. 예언을 이루려면 꼭두각시가 아니라 네가 있어야 해……. 네가 직접 세드릭에게 굴욕을 줘야 한다고. 그러니까 임페리오는 안 돼. 다른 방법을 써야겠네.

델피는 지팡이를 꺼낸다. 델피가 알버스를 겨누자 알버스는 턱을 내민다.

알버스 마음대로 해 보시지.

델피가 알버스를 본다. 그러고는 지팡이를 스코피어스 쪽으로 돌린다.

델피　　좋아.

알버스　　안 돼!

델피　　역시, 생각대로 이 방법이 더 효과적이군.

스코피어스　　알버스, 저 여자가 나한테 무슨 짓을 하든…… 절대 포기해선 안 돼—

델피　　크루시오!

스코피어스가 고통스러워하며 소리를 지른다.

알버스　　그렇게…….

델피　　(웃으며) 뭐? 네가 대체 뭘 할 수 있는데? 마법사를 망신시키는 일? 가문에 먹칠하는 일? 아님, 나머지로 살아가는 일? 내가 네 하나뿐인 친구를 해치지 않길 바라니? 그럼 내가 시키는 대로 해.

델피는 알버스를 본다. 그의 눈은 여전히 저항하고 있다.

싫어? 크루시오!

알버스　그만! 그만해요.

크레이그가 활기차게 달려온다.

크레이그 보커 2세　스코피어스? 알버스? 다들 찾고 계셔―

알버스　크레이그! 어서 가. 도움을 청해 줘!

크레이그 보커 2세　무슨 일이야?

델피　아바다 케다브라!

델피가 쏜 초록색 광선이 무대를 가로지른다. 크레이그가 광선에 맞아 뒤로 튕겨 나간다. 그리고 그 자리에서 즉사한다. 정적이 흐른다. 한없이 계속될 듯한 정적.

아직도 모르겠니? 지금 애들 장난을 하자는 게 아니야. 넌 나한테 쓸모 있지만 네 친구들은 아니야.

알버스와 스코피어스는 크레이그의 시체를 바라본다. 둘 다 마음이 몹시 괴롭다.

네 약점을 알아내기까지 꽤 오랜 시간이 걸렸어, 알버스 포터. 난 네 약점이 자존심인 줄 알았지. 네 아빠에게 뭔가를 보여 주려 한다고 생각했어. 그러다 너와 네 아빠의 약점이 똑같다는 사실을 깨달은 거야. 바로 우정이지. 내가 시키는 대로 해. 그러지 않으면 스코피어스는 죽어. 저 *나머지*처럼.

델피는 두 소년을 바라본다.

볼드모트가 부활하고 그분 곁에는 어거레이가 있을 거야. 예언이 이뤄지는 거지. "나머지가 남아 있고, 시간이 되돌려지고, 보이지 않던 아이가 제 아버지를 죽이면 어둠의 왕이 부활하리라."

델피는 미소 짓는다. 그러곤 스코피어스를 자기 쪽으로 포악하게 끌어당긴다.

세드릭이 나머지지. 그리고 알버스—

델피는 알버스를 자기 쪽으로 포악하게 끌어당긴다.

—넌 과거를 바꿔 제 아버지를 죽이고 어둠의 왕을 부활시킬, 보이지 않던 아이야.

타임 터너가 돌아가기 시작한다. 델피는 두 소년의 손을 그리로 끌어당긴다.

지금이야!

쉭 하고 거대한 빛이 지나간다. 요란한 소리가 난다. 시간이 정지한다. 이윽고 시간이 방향을 틀더니 잠시 주춤하다 뒤로 감기기 시작한다. 처음에는 느리게…….
그러다 점점 빨라진다.
빨려 들어가는 소리, 그리고 펑 하는 소리가 들린다.

3막 20장

1995년 트라이위저드 대회, 미로

미로는 끊임없이 움직이는 나선형의 산울타리로 이뤄져 있다. 델피는 미로 속을 결연히 걸어간다. 그녀의 뒤로 알버스와 스코피어스가 끌려가고 있다. 이들은 두 팔이 묶인 채 마지못해 걸음을 떼고 있다.

루도 배그먼 신사 숙녀, 소년 소녀 여러분, 세계 최고의 시합, 그 무엇도 따라올 수 없는 굉장한 시합, 세계 유일의 **트라이위저드 대회**를 시작하겠습니다!

커다란 환호성이 들려온다. 델피는 왼쪽으로 방향을 돌린다.

호그와트 여러분, 환호해 주세요.

    커다란 환호성이 터진다.

덤스트랭 여러분, 환호해 주세요.

    커다란 환호성이 터진다.

그리고 보바통 여러분, 환호해 주세요.

    지나치게 커다란 환호성이 터진다.
    델피와 두 소년은 바로 앞에서 산울타리에 가로막히
자 어쩔 수 없이 방향을 돌린다.

프랑스 학생들이 마침내 유감없이 역량을 보여 주는
군요. 신사 숙녀 여러분, 트라이위저드 대회의 마지
막 과제를 소개합니다. 바로 신비의 미로, 통제할 수
없는 어둠의 괴수입니다. 이 미로가 살아 있기 때문
이죠. 미로가 살아 있습니다.

    빅토르 크룸이 무대를 가로질러 미로를 통과하고 있다.

왜 위험을 무릅쓰면서까지 이 살아 있는 악몽을 겪어야 하느냐? 바로 이 미로 안에 컵이 있기 때문입니다. 그냥 컵이 아닙니다. 그렇습니다. 바로 이 산울타리 안에 트라이위저드 트로피가 있습니다.

델피 어디 있지? 세드릭은 어디 있는 거야?

산울타리 하나가 알버스와 스코피어스를 토막 내려든다.

스코피어스 산울타리까지 우리를 죽이려 들어? 갈수록 더 가관이군.

델피 계속 가지 않으면 대가를 치르게 될 거야.

루도 배그먼 헤아릴 수 없이 많은 위험이 도사리고 있지만 포상은 확실하죠. 과연 끝까지 포기하지 않고 미로를 통과할 사람은 누굴까요? 이 마지막 장애물 앞에서 무릎을 꿇을 사람은 누굴까요? 과연 우리는 어떤 영웅을 보게 될까요? 시간이 말해 줄 겁니다, 신사 숙녀 여러분, 시간이 지나야만 알 수 있는 일이죠.

세 사람이 미로 속으로 나아간다. 스코피어스와 알버스는 델피의 강요에 못 이겨 억지로 걸음을 옮긴

다. 델피가 앞장서서 걸어가자 그 틈을 타 두 소년이
대화를 나눈다.

스코피어스 알버스, 뭐라도 해야 해.

알버스 나도 알아. 하지만 뭘 어쩌겠어? 저 여자가 우리 지
팡이를 부러뜨렸고, 우린 손이 묶인 데다 저 여자가
널 죽인다고 협박하잖아.

스코피어스 볼드모트가 돌아오는 걸 막을 수만 있다면 난 죽을
각오도 되어 있어.

알버스 정말?

스코피어스 어차피 넌 슬퍼할 새도 없을 거야. 저 여자가 날 죽
이고 나서 곧바로 너도 죽일 테니까.

알버스 (절박하게) 타임 터너에 결함이 있잖아. 5분의 시간
제한. 어떻게든 시간을 끌어서 그 5분을 다 써 버려
야 해.

스코피어스 소용없을 거야.

또 산울타리 하나가 방향을 바꾸자, 델피는 알버스
와 스코피어스를 자신의 뒤로 끌어당긴다. 그들은
계속해서 이 절망의 미로 속으로 나아간다.

루도 배그먼 다시 한 번 현재 순위를 알려 드립니다! 1위는 세드릭 디고리 군과 해리 포터 군입니다. 2위는 빅토르 크룸 군! 3위는 '사크러블뢰'*, 플뢰르 들라쿠르 양입니다.

갑자기 어느 미로 뒤에서 알버스와 스코피어스가 튀어나온다. 그들은 달리고 있다.

알버스 델피는 어디 갔어?

스코피어스 무슨 상관이야? 어느 쪽으로 가야 할까?

그들 뒤에서 델피가 떠오른다. 그녀는 빗자루도 없이 허공을 날고 있다.

델피 불쌍한 놈들.

델피는 두 소년을 땅으로 패대기친다.

나한테서 도망칠 수 있다고 생각하다니.

---

* '제기랄'이란 뜻의 프랑스어.

알버스   (놀라며) 어떻게…… 빗자루도 없이.

델피   빗자루? 너무 거추장스럽고 쓸데없는 물건이지. 벌써 3분이 지났어. 2분 남았고. 너희는 결국 내가 말한 대로 하게 될 거야.

스코피어스   아뇨. 하지 않을 거예요.

델피   네가 나랑 싸울 수 있다고 생각해?

스코피어스   아뇨. 하지만 시키는 대로 하지 않을 순 있죠. 우리가 목숨을 건다면요.

델피   예언은 이뤄져야 해. 우리가 그 예언을 이룰 거라고.

스코피어스   예언은 깨질 수도 있어요.

델피   네가 잘못 알고 있어, 꼬마야. 예언은 미래를 말해주는 거야.

스코피어스   하지만 그 예언이 반드시 이뤄지는 거라면 왜 우리가 굳이 그걸 이루려고 애써야 하죠? 당신의 생각과 행동은 따로 놀고 있어요. 당신이 우리를 이끌고 이 미로를 통과하는 이유는, 그 예언을 가능하게 만들어야 한다고 믿기 때문이잖아요. 그런 논리라면 예언은 깨질 수도 있죠. 막을 수도 있는 거라고요.

델피   꼬마야, 넌 말이 너무 많아. 크루시오!

    스코피어스가 고통에 몸부림친다.

알버스   스코피어스!

스코피어스 넌 시험을 치르고 싶어 했잖아, 알버스— 이게 시험
이야. 우린 이 시험을 통과할 거야.

알버스는 스코피어스를 보며 마침내 자신이 무엇을
해야 하는지 깨닫는다. 그러곤 고개를 끄덕인다.

델피   그럼 너희는 죽게 될 거야.

알버스   (매우 단호하게) 그래요. 우린 죽겠죠. 하지만 당신을
막았다는 사실을 알고서 기쁘게 죽을 거예요.

델피가 분노에 차서 날아오른다.

델피   이럴 시간이 없어. 크루—

미지의 목소리 엑스펠리아르무스!

펑. 델피의 지팡이가 그녀에게서 떨어져 나온다. 스
코피어스가 놀라 그 광경을 지켜본다.

브라키아빈도!

델피가 결박당한다. 스코피어스와 알버스는 고개를 돌려 광선이 날아온 쪽을 멍하니 바라본다. 그곳에는 열일곱 살쯤 되어 보이는, 잘생긴 청년이 서 있다. 세드릭이다.

세드릭　　가까이 오지 마.

스코피어스　　하지만 당신은……

세드릭　　세드릭 디고리야. 비명이 들려서 와 봤다. 이름을 대라, 괴수들아. 내가 상대해 줄 테니까.

알버스가 깜짝 놀라 휙 돌아선다.

알버스　　세드릭?

스코피어스　　우리를 구해 줬네요.

세드릭　　너희도 과제의 일부니? 장애물이야? 말해. 너희도 물리쳐야 해?

침묵이 흐른다.

스코피어스　　아뇨. 그냥 우리를 풀어 주면 돼요. 그게 과제예요.

세드릭은 잠시 이것이 함정은 아닌지 가늠해 본 뒤, 지팡이를 휘두른다.

세드릭 에만시파레! 에만시파레!

두 소년의 결박이 풀린다.

이제 난 가면 돼? 이 미로를 끝까지 통과하면 되는 거야?

두 소년은 세드릭을 본다. 세드릭이 미로를 끝까지 통과하면 어떤 일이 벌어지는지 두 소년은 너무도 잘 알고 있다.

알버스 이 미로를 끝까지 통과해야만 할 거예요.

세드릭 그럼 난 간다.

세드릭은 자신 있게 걸어간다. 알버스는 그의 뒷모습을 보며 무슨 말이든 해 주고 싶지만 뭐라고 해야 할지 모르겠다.

알버스   세드릭—

세드릭이 그를 돌아본다.

아버지가 많이 사랑하신대요.

세드릭은 어리둥절하며 인상을 쓴다.

세드릭   뭐?

그들 뒤에서 델피가 몸을 꿈틀거리며 움직인다. 그
녀는 땅을 기고 있다.

알버스   그냥 알려 줘야 할 것 같아서요.

세드릭   (어떻게 받아들여야 할지 고민하며) 그래. 어, 고마워.

세드릭은 알버스를 좀 더 바라보다가 다시 걸음을 옮
긴다. 그사이 델피는 망토 안에서 타임 터너를 꺼내
고 스코피어스가 그 모습을 본다.

스코피어스 알버스!

알버스   아냐. 잠깐만…….

스코피어스   타임 터너가 돌아가고 있어……. 델피가 뭘 하는지
봐……. 우릴 두고 가면 안 되잖아.

알버스와 스코피어스가 허둥지둥 달려가 타임 터너
의 일부를 붙잡는다.
쉭 하고 거대한 빛이 지나간다. 요란한 소리가 난다.
시간이 정지한다. 이윽고 시간이 방향을 틀더니 잠
시 주춤하다 뒤로 감기기 시작한다. 처음에는 느리
게…….
그러다 점점 빨라진다.

알버스…….

알버스   어떻게 된 거야?

스코피어스   타임 터너를 따라올 수밖에 없었어. 델피를 막아야
했잖아.

델피   날 막아? 어떻게 너희가 날 막았다고 생각하지? 이
제 됐어.

델피는 타임 터너를 부순다. 타임 터너가 폭발해 산
산조각 난다.

세드릭을 이용해 세상을 어둡게 만들 기회는 너희 때문에 날아갔지만, 네 말이 맞는 것 같아, 스코피어스. 예언은 막을 수 있어. 예언은 깨질 수 있다고. 한 가지 분명한 사실은, 난 이제 너희처럼 무능하고 짜증 나는 꼬맹이들을 이용할 생각이 없다는 거야. 더는 너희에게 내 귀중한 시간을 낭비하지 않겠어. 이제 새로운 방법을 시도할 거야.

> 델피는 다시 허공으로 떠오른다. 기쁘게 웃으면서, 휭하니 떠나 버린다.
> 알버스와 스코피어스는 델피를 쫓아가려고 하지만 어림없는 일이다. 그녀는 날고 있고, 그들은 달리고 있다.

알버스 안 돼…… 안 돼…… 가지 마…….

> 스코피어스가 뒤로 돌아 산산이 부서진 타임 터너 조각을 주워 모으려 한다.

타임 터너는? 망가졌어?

스코피어스 완전히 망가졌어. 우린 여기 갇혔어. 시간 속에. 지

금이 어느 때인지는 몰라도. 그 여자가 뭘 하려는지
도 모르고.

알버스는 주위를 둘러보며 상황을 파악하려고 필사
적으로 애쓴다.

알버스　　호그와트는 똑같아 보인다.

스코피어스　그러네. 우린 여기서 눈에 띄면 안 돼. 누가 보기 전
에 여기서 나가자.

알버스　　우린 그 여자를 막아야 해, 스코피어스.

스코피어스　나도 알아. 하지만 어떻게?

3막 21장

성 오스왈드 마법사회 노인의 집, 델피의 방

해리와 헤르미온느, 론, 드레이코, 지니가 오크 패널을 두른 소박한 방을 둘러본다.

해리   에이머스에게 혼돈 마법을 사용한 게 틀림없어. 모두에게 사용했겠지. 그러곤 간호사인 척, 에이머스의 조카인 척한 거야.

헤르미온느   방금 마법 정부에 확인해 봤는데 그 여자에 대한 기록이 전혀 없어. 그림자 같아.

드레이코   스페시알리스 리벨리오!

모두가 드레이코를 돌아본다. 그는 태연하게 그들을 본다.

시도라도 해 봐야지. 다들 그러고 있으면 뭐 해? 우린 아는 게 전혀 없잖아. 이 방이 뭐라도 폭로해 주길 기대하는 수밖에.

지니   어디 숨길 데나 있겠어? 이 방은 아주 소박해 보이는데.

론   이 패널들 말이야. 이 안에 뭔가 숨겨져 있는 게 분명해.

드레이코   아니면 침대나.

     드레이코는 침대를, 지니는 램프를 살펴보고, 나머지는 패널들을 살피기 시작한다.

론   (벽을 두드리며 소리친다) 그 안에 뭘 숨겼니? 뭘 갖고 있어?

헤르미온느   우리 모두 잠깐 멈추고서 생각 좀 해 보는 게 나을지도—

     지니가 기름 램프의 등피를 연다. 숨결 같은 소리가 들린다. 이윽고 쉭쉭거리는 말소리가 들린다. 모두가 그쪽을 돌아본다.

뭐지?

해리 저건…… 내가 알아들어서는 안 되는데…… 뱀의 말이야.

헤르미온느 뭐라고 하는데?

해리 내가 어떻게……? 난 볼드모트가 죽은 뒤론 뱀의 말을 알아듣지 못했는데.

헤르미온느 그리고 흉터가 아프지도 않았지.

해리는 헤르미온느를 본다.

해리 "환영한다, 어거레이"라고 했어. 열리라고 명령해야 할 것 같은데…….

드레이코 그럼 어서 해.

해리는 눈을 감는다. 그러곤 뱀의 언어로 말한다. 방 안 분위기가 더 어두워지고, 더 암울해진다. 모든 벽에 꿈틀거리는 뱀의 그림이 나타난다. 그리고 그 위에 형광색으로 예언이 적혀 있다.

저게 뭐야?

론 "나머지가 남아 있고, 시간이 되돌려지고, 보이지

않던 아이가 제 아버지를 죽이면 어둠의 왕이 부활
하리라."

지니 예언이야. 새로운 예언.

헤르미온느 세드릭— 세드릭이 나머지였잖아.

론 시간이 되돌려지면— 그 여자가 타임 터너를 갖고
있지?

모두의 얼굴이 굳는다.

헤르미온느 그럴 거야.

론 하지만 스코피어스나 알버스는 왜 데려갔을까?

해리 그건 내가…… 자식을 바로 보지 못한 부모이기 때
문이겠지. 자식을 이해하지 못한 부모.

드레이코 그 여자는 누굴까? 누구길래 이런 것에 집착하지?

지니 답을 찾은 것 같아.

모두 지니를 돌아본다. 그녀가 위를 가리키자……
모두가 겁에 질려 얼굴이 더욱 굳는다. 객석을 둘러
싼 모든 벽면에 글귀가 나타난다. 위험한 글귀, 무시
무시한 글귀다.

138

"나는 어둠을 부활하리라. 내 아버지를 부활시키리
라."

론　　　　설마. 그 여자가……

헤르미온느　어떻게 그럴 수가…… 있지?

드레이코　볼드모트에게 딸이 있었어?

　　　　　　모두 겁에 질려 고개를 든다. 지니가 해리의 손을 잡
　　　　　　는다.

해리　　　안 돼, 그럴 순 없어. 그것만은.

　　　　　　무대가 암전된다.

막간.

2부

4막

4막 1장

마법 정부, 대회의실

곳곳에서 온 마법사들이 대회의실을 가득 메우고 있다. 그 어느 때보다도 많이 모였다. 그들의 얼굴에는 걱정하는 기색이 역력하다. 헤르미온느가 급하게 마련한 단상 위로 올라간다. 그러곤 한 손을 올려 청중을 조용히 시킨다. 침묵이 내려앉는다. 모두들 그녀가 어떤 답이든 내놓기를 간절히 바라고 있다. 헤르미온느는 모두가 순순히 지시를 따른다는 사실에 놀란다. 그녀는 주위를 둘러본다.

헤르미온느   고맙습니다. 저의 두 번째 임시 총회에 이렇게 많은 분이 참석해 주셔서 정말 기쁘네요. 몇 가지 드릴 말씀이 있습니다. 질문이 아주 많을 것 같은데요, 질문은 제 발언이 끝난 뒤에 받겠습니다.

많은 분이 이미 알고 계시듯, 호그와트에서 시체가 발견되었습니다. 희생자의 이름은 크레이그 보커입니다. 선량한 학생이었죠. 범인에 대해선 아직 확인된 바가 없지만, 어제 저희가 성 오스왈드 마법사회 노인의 집을 수색했습니다. 그곳의 어느 방에서 두 가지가 드러났죠. 하나는…… 어둠이 부활하리라는 예언이었어요. 그리고 천장에 어떤 글귀가 적혀 있었는데…… 어둠의 왕에게…… 즉, 볼드모트에게 자식이 있다는 내용이었습니다.

이 소식이 회의실에 있는 사람들에게 파문을 불러일으킨다.

저희도 세부 사항은 확인하지 못했어요. 아직 조사 중이죠. 어둠을 먹는 자들과 관련된 사람들을 심문하고 있는데…… 아직 볼드모트의 자식이나 예언에 대해선 아무런 기록도 찾지 못했지만, 어느 정도는 사실인 듯 보입니다. 그동안 이 아이는 마법 세계에 자취를 드러내지 않았죠. 그런데 그 여자가 이제— 그러니까—

맥고나걸 교수 여자? 딸인가요? 그에게 딸이 있었어요?

헤르미온느   네. 딸입니다.

맥고나걸 교수   지금 구류 중인가요?

해리   교수님, 질문은 나중에 해 달라고 말씀드렸는데요.

헤르미온느   괜찮아, 해리. 아뇨, 교수님. 그래서 더 문제예요. 그 여자를 잡아 가둘 방법이 전혀 없는 것 같거든요. 사실상, 그 여자를 막을 방법이 전혀 없어요. 현재 우리의 손이 닿지 않는 곳에 있고요.

맥고나걸 교수   우리가…… 찾을 수 없다고요?

잠시 침묵이 흐른다. 용기가 필요한 발언이다.

헤르미온느   여러 근거를 종합해 볼 때 저희는 그 여자가…… 시간 속으로 종적을 감췄다는 결론을 내렸습니다.

맥고나걸 교수   (분노하며) 어떻게 그렇게 경솔하고 어리석을 수 있죠? 아직도 타임 터너를 갖고 있단 말인가요?

헤르미온느   교수님, 단언컨대—

맥고나걸 교수   정말 실망스럽군요, 헤르미온느 그레인저!

맥고나걸 교수의 역정에 헤르미온느는 움찔한다.

해리   아닙니다, 총리 탓이 아니에요. 교수님이 화내시는 이유는 충분히 이해합니다. 여러분 모두 그러실 수 있죠. 하지만 헤르미온느만의 잘못은 아닙니다. 우린 그 마법사가 어떻게 타임 터너를 손에 넣었는지 모릅니다. 제 아들이 내줬을 수도 있어요.

지니   제 아들이기도 하죠. 어쩌면 그 애가 가지고 있다가 빼앗겼을 수도 있고요.

     지니가 단상으로 올라와 해리 옆에 선다.

맥고나걸 교수   함께 책임지려는 마음은 훌륭하지만 그렇다고 여러분의 과실을 그냥 넘길 수는 없어요.

드레이코   그렇다면 저 역시 그 과실에 책임을 져야 할 것 같습니다.

     드레이코가 단상 위로 올라가 지니 옆에 선다. 마치 유명한 〈스파르타쿠스〉 장면*을 보는 듯하다. 여기저기서 헉하고 숨을 들이켜는 소리가 들린다.

---

* 고대 로마의 노예 반란 지도자 스파르타쿠스를 그린 동명의 영화에서 그의 병사들이 그를 보호하기 위해 앞다퉈 일어나 "내가 스파르타쿠스다"라고 외친 장면을 말한다.

헤르미온느와 해리는 잘못한 게 없습니다. 우리 모두를 보호하려 했을 뿐이죠. 이 친구들에게 죄가 있다면 저 역시 죄인입니다.

헤르미온느는 자신의 지지자들을 건너다보며 감동받는다. 론이 결연히 무대 위로 올라와 그들에게 합류한다.

론   참고로 저는 이 일에 대해 별로 아는 바가 없기 때문에 책임을 질 수는 없습니다. 틀림없이 우리 아이들도 이 일과는 연관이 없을 겁니다. 하지만 이 친구들이 여기 서 있겠다면 *저도 그러겠습니다.*

지니   그들이 어디에 있는지, 함께 있는지 따로 있는지는 아무도 알 수 없어요. 저는 우리 아이들이 그 여자를 막기 위해 최선을 다할 거라고 믿지만……

헤르미온느   우린 아직 포기하지 않았습니다. 거인들을 찾아갔고 트롤들에게도 가 봤어요. 찾아볼 수 있는 이라면 누구든 찾아가 보았죠. 오러들이 밤을 날아다니며 수색을 벌이고 있습니다. 비밀을 아는 사람들은 모조리 만나 캐묻고, 비밀을 누설하지 않을 사람들은 뒤를 쫓고 있죠.

해리   하지만 한 가지 변치 않는 사실이 있습니다. 바로,
과거의 어느 시점에서 마법사 한 명이 우리가 아는
모든 역사를 뒤바꾸려 한다는 사실이죠. 게다가 우
린 그저 손 놓고 기다리는 수밖에 없습니다. 그 여자
가 성공 혹은 실패하는 순간을 기다릴 수밖에 없어
요.

맥고나걸 교수 만약 그 여자가 성공한다면 어떻게 되죠?

헤르미온느 그럼 이 회의실 안에 있는 사람들 대부분이 순식간
에 사라질 겁니다. 우리는 더 이상 존재하지 않을 테
고, 볼드모트가 다시 세상을 지배하겠죠.

4막 2장

1981년 스코틀랜드 하일랜드, 아비모어 기차역

알버스와 스코피어스가 불안한 얼굴로 역장을 바라보고 있다.

알버스   우리 중에 한 명은 저 아저씨랑 얘기해 봐야 하지 않을까?

스코피어스   안녕하세요, 역장님. 머글 아저씨. 질문이 있는데요, 혹시 날아다니는 마법사가 여길 지나가지 않았나요? 그건 그렇고, 지금이 몇 년도죠? 저희는 혹시 문제를 일으킬까 봐 호그와트에서 도망쳐 나왔거든요. 그래도 괜찮죠?

알버스   뭐가 제일 짜증 나는지 알아? 아빠는 우리가 의도적으로 그랬다고 생각할 거란 점이야.

스코피어스   알버스. 제정신이야? *정말* 진심으로 하는 말이야?

우린······ 시간 속에 갇혔어. 어쩌면 영영 돌아가지
못할지도 몰라. 그런데 넌 아빠가 어떻게 생각할지
걱정하는 거야? 난 너랑 너의 아빠를 절대 이해하지
못할 것 같다.

알버스 이해할 게 아주 많긴 하지. 우리 아빠는 조금 복잡하
거든.

스코피어스 넌 아니고? 네 여자 취향을 문제 삼고 싶진 않지만
사실 넌 좋아했잖아······. 그러니까······.

스코피어스가 누구를 말하는지 둘 다 알고 있다.

알버스 맞아. 내가 그랬지? 그 여자가 크레이그에게 한 짓
을 보면······.

스코피어스 그 일은 생각하지 말자. 지금은 지팡이도 없고 빗자
루도 없다는 사실만 생각하자고. 현재로 돌아갈 방
법이 전혀 없어. 우리가 가진 거라곤 우리의 기지,
또······ 그것뿐이네. 우리의 기지. 그리고 그 여자를
막아야 해.

역장 (아주 강한 스코틀랜드 억양으로) 올드 리키*행 기차가

* 에든버러의 속칭.

늦는 거 알고 있니, 얘들아?

스코피어스   네?

역장   혹시 올드 리키행 기차를 기다리는 거라면 기차가
늦을 거다. 철도 공사가 있거든. 바뀐 시간표에 나와
있지.

역장이 알버스와 스코피어스를 보자, 두 소년은 어
리둥절한 얼굴로 역장을 쳐다본다. 역장은 인상을
쓰며 두 소년에게 바뀐 시간표를 내준다. 그러곤 해
당 기차 시각을 가리킨다.

늦는다고.

알버스는 열차 시간표를 받아 살펴본다. 그러곤 엄
청난 사실을 깨닫고 표정이 변한다. 스코피어스는
그저 역장만 바라보고 있다.

알버스   그 여자가 어디 있는지 알았어.

스코피어스   저 아저씨 말을 다 알아들었어?

알버스   날짜를 봐. 기차 시간표에 날짜가 있어.

스코피어스가 상체를 숙이고 읽는다.

스코피어스 1981년 10월 30일. 39년 전 '모든 성인의 날 전야'
의 전날이네. 그런데 그 여자는 왜……? 아.

스코피어스는 무언가를 깨닫고 얼굴이 굳는다.

알버스 우리 할머니 할아버지가 돌아가신 날이잖아. 아기
인 우리 아빠가 공격을 당한…… 볼드모트의 저주가
튕겨 나가 다시 그에게로 돌아간 날. 델피는 자신의
예언을 실현하려는 게 아니야. 그 중요한 예언을 막
으려는 거야.

스코피어스 중요한 예언?

알버스 "어둠의 왕을 물리칠 힘을 가진 자가 오리라……."

스코피어스가 합세한다.

스코피어스와 **알버스** "……그에게 세 번 저항한 이들의 자식으로
태어날 것이며, 일곱 번째 달이 기울 때 태어나리
라……."

한 마디 한 마디 내뱉을 때마다 스코피어스의 얼굴이
더욱 굳어진다.

스코피어스   나 때문이야. 내가 예언은 깨질 수도 있다고 말했잖
아. 예언의 논리 자체가 의심스러운 거라고 내가 그
여자한테 말했어—

알버스   볼드모트는 24시간 안에 아기 해리 포터를 죽이려
다가 자신이 저주에 걸리게 돼. 델피는 그 저주를 막
으려는 거야. 자기가 직접 해리 포터를 죽이려는 거
지. 우린 고드릭 골짜기로 가야 해. 지금 당장.

4막 3장

1981년 고드릭 골짜기

알버스와 스코피어스가 고드릭 골짜기 한가운데를 가로질러 걷는다. 사람들이 북적거리는, 작고 아름다운 마을이다.

스코피어스   아직 습격의 조짐은 보이지 않는데…….

알버스   여기가 고드릭 골짜기야?

스코피어스   아빠가 한 번도 안 데려왔어?

알버스   응. 몇 번 가자고 했는데 내가 싫다고 했어.

스코피어스   지금은 관광할 시간이 없어. 우린 살인자 마법사에게서 세상을 구해야 하거든. 하지만 저것 봐……. 성제롬 교회…….

스코피어스가 가리키는 곳에 교회 하나가 나타난다.

알버스   멋지다.

스코피어스   아마 성 제롬 교회의 묘지에도 멋진 유령들이 출몰할걸. (다른 쪽을 가리키며) 그리고 저기가 해리 포터와 그의 부모님 동상이 생길―

알버스   우리 아빠의 동상이 있어?

스코피어스   아. 아직은 아니야. 하지만 생길 거야. 그러길 바라야지. 그리고 여기…… 여기 이 집은 바틸다 백숏이 살았던, 아니, 살고 있는 집인데…….

알버스   바틸다 백숏?《마법의 역사》를 쓴 그 바틸다 백숏?

스코피어스   맞았어. 어, 저기 그분이다. 와. 꺅. 내 책벌레 기질이 꿈틀거리는데.

알버스   스코피어스!

스코피어스   그리고 여긴―

알버스   제임스와 릴리, 그리고 해리 포터의 집…….

젊고 매력적인 부부가 아기를 태운 유모차를 밀며 집을 나선다. 알버스가 그들 쪽으로 가려 하자 스코피어스가 알버스를 끌어당긴다.

스코피어스   저분들이 너를 봐선 안 돼, 알버스. 그러면 과거가 바뀔지도 몰라. 그러지 않기로 했잖아. 이번만큼은.

알버스   하지만 그렇다면 델피는 아직…… 우리가 먼저 왔다
         는 거네……. 델피는 아직…….

스코피어스 이제 어떻게 하지? 델피랑 맞서 싸울 준비를 해야
         하나? 그 여자 좀…… 무서운데.

알버스   맞아. 그건 아직 생각해 보지 않았네, 그렇지? 이제
         어떻게 하지? 어떻게 하면 우리 아빠를 지킬 수 있
         을까?

4막 4장

마법 정부, 해리의 사무실

해리가 급하게 서류들을 훑어보고 있다.

덤블도어   안녕, 해리.

        잠시 정적. 해리는 덤블도어의 초상화를 올려다본다. 뚱한 얼굴이다.

해리   덤블도어 교수님. 제 사무실에 찾아와 주시다니 영광이네요. 오늘 밤엔 저한테 무슨 일이 생기는 모양이죠?

덤블도어   뭘 하고 있나?

해리   서류들을 훑어보고, 혹시 놓쳐선 안 되는 것을 놓쳤는지 살펴보고 있었어요. 제한적인 방법으로나마 싸워 보려고 병력을 모으고 있고요. 아시다시피 아주 먼 곳에서 전투가 벌어지고 있거든요. 또 뭘 할 수 있을까요?

사이. 덤블도어는 아무 말도 하지 않는다.

어디 계셨어요, 덤블도어 교수님?

덤블도어 지금 여기 있잖나.

해리 이미 전투에서 패했는데 오셨네요. 혹시 볼드모트가 부활한다는 것도 부인할 생각이신가요?

덤블도어 그야…… 가능한 일이지.

해리 가세요. 떠나시라고요. 여기 계시는 거 싫습니다. 필요 없어요. 정말 중요한 순간엔 늘 제 곁에 안 계셨잖아요. 저는 교수님 없이 그와 세 번이나 싸웠어요. 필요하다면 이번에도 그럴 겁니다. 혼자 싸울 거라고요.

덤블도어 해리, 내가 너를 대신해 싸우고 싶지 않았을 거라고 생각하니? 할 수만 있었다면 네가 싸우지 않게 했을 거야—

그 말에 해리는 폭발한다.

해리   사랑이 눈을 멀게 한다고요? 그게 무슨 뜻인지 알기나 하세요? 그게 얼마나 쓸모없는 조언이었는지 알기나 하시냐고요. 제 아들은, 제 아들은 지금 우리를 위해 싸우고 있어요. 제가 교수님을 위해 싸워야 했던 것처럼요. 게다가 알고 보니 저는 그 아이에게 형편없는 아빠였더라고요. 교수님이 제게 형편없는 보호자였던 것처럼 말이죠. 그 녀석에게 사랑받지 못하고 있다는 느낌만 받게 하고…… 수년 후에나 이해하게 될 원망을 키우게 하겠죠―

덤블도어   혹시 프리빗가 얘기를 하는 거라면―

해리   수년 동안…… 수년 동안 저는 그곳에서 외로움에 시달렸어요. 내가 누구인지, 왜 그곳에 있는지, 누군가가 나를 사랑한다는 사실도 모른 채 말이에요!

덤블도어   나는…… 너한테 너무 애착을 갖게 되지 않기를 바랐다―

해리   그때도 교수님은 자신을 보호하려 했군요!

덤블도어   아니다. 난 너를 보호하려 했어. 네게 상처를 주고 싶지 않았다…….

덤블도어가 초상화 밖으로 손을 내밀려 하지만, 그럴 수 없다. 덤블도어는 터져 나오는 울음을 감추려 애쓴다.

하지만 결국 널 만나야 했지……. 열한 살의 너는 무척 용감했단다. 아주 착한 아이였어. 너는 네 앞에 놓인 길을 불평 한 마디 없이 묵묵히 걸었다. 물론, 나는 너를 사랑했어……. 그래서 그 모든 일이 되풀이되리란 생각이 들었지. 내가 누군가를 사랑하면 꼭 그 사람이 회복할 수 없는 상처를 입고야 말았거든……. 나는 사랑을 해선 안 되는 사람이란다……. 나는 사랑하는 사람에게 늘 해를 끼쳤어…….

잠시 정적.

해리 그때 이런 얘길 해 주셨더라면 제가 상처를 덜 받았을 텐데요.

덤블도어 (이제 감추지 않고 흐느끼며) 나는 눈이 멀었었다. 사랑은 눈을 멀게 하지. 네가 이런 얘길 간절히 듣고 싶어 하는 줄은 미처 몰랐어. 이렇게 꽉 막히고 교활하고 위험한 노인네가…… 널 사랑한다는…… 얘길…….

사이. 두 남자는 감정을 주체하지 못한다.

해리 제가 불평 한 마디 하지 않은 건 아니죠.

덤블도어 해리, 이 혼란스러운 감정의 세계에 완벽한 답이란 없단다. 완벽은 인간의 손이 닿지 않는 곳, 마법의 손이 닿지 않는 곳에 있지. 행복이 반짝이는 순간에는 늘 독약 한 방울이 섞여 있는 법이야. 우리는 또다시 고통이 찾아오리란 사실을 알고 있으니까. 사랑하는 사람들에게 솔직해지렴. 그들에게 너의 고통을 보여 줘. 괴로워하는 건 숨 쉬는 것만큼이나 인간적인 일이란다.

해리 전에도 그런 말씀을 해 주셨어요.

덤블도어 오늘 밤 네게 해 줄 수 있는 말은 이것뿐이구나.

덤블도어는 멀리 걸어가기 시작한다.

해리 가지 마세요!

덤블도어 우리가 사랑하는 사람들은 절대 우리 곁을 떠나지 않는단다, 해리. 죽음이 건드릴 수 없는 것들이 있지. 그림…… 그리고 기억…… 그리고 사랑.

해리 저도 교수님을 사랑했어요, 덤블도어 교수님.

덤블도어   나도 알아.

　　　　　　덤블도어가 사라진다. 해리는 혼자 남는다. 드레이
　　　　　　코가 들어온다.

드레이코   다른 현실에서, 그러니까 스코피어스가 보고 온 현
　　　　　　실에서는 내가 마법 사법부 수장이었다는 얘기 들었
　　　　　　어? 이 방이 곧 내 것이 될 수도 있겠군. 무슨 일 있
　　　　　　었어?

　　　　　　해리는 슬픔에 잠겨 있다.

해리   들어와. 구경시켜 줄게.

　　　　　　드레이코는 머뭇거리며 사무실 안으로 들어간다. 그
　　　　　　는 마뜩잖은 얼굴로 둘러본다.

드레이코   사실 난 마법 정부에서 일하고 싶은 마음이 전혀 없
　　　　　　었어. 어릴 때에도 말이야. 우리 아버지가 원한 일이
　　　　　　었어. 난 원치 않았지.

해리   그럼 뭘 하고 싶었어?

드레이코   퀴디치. 하지만 재능이 없었지. 무엇보다도 난 행복하게 살고 싶었어.

해리는 고개를 끄덕인다. 드레이코는 어쩔 줄 몰라 하며 잠깐 더 그를 바라본다.

미안, 내가 이렇게 여담을 나누는 일에는 익숙하지 않아서 말인데, 그냥 중요한 얘기로 넘어가도 될까?

해리   물론이지. 중요한…… 얘기가 뭔데?

사이.

드레이코   시어도어 노트가 갖고 있던 게 정말 유일한 타임 터너였을까?

해리   뭐?

드레이코   마법 정부가 압수한 타임 터너는 시제품이었어. 값싼 금속으로 만든 것이지. 물론 작동하긴 해. 하지만 과거에 머물 수 있는 시간이 딱 5분이라는 점, 그건 심각한 결함이야. 진정한 어둠의 마법 수집가들에게 팔 수 있는 물건은 아니지.

해리는 드레이코가 무슨 얘기를 하려는지 깨닫는다.

해리   그 친구가 네 밑에서 일했어?

드레이코   아니. 우리 아버지 밑에서. 아버지는 남들에겐 없는 물건을 갖고 싶어 하셨어. 크로우커한테 고마워할 일이지만, 아버지는 마법 정부의 타임 터너가 좀 시시하게 느껴지셨을 거야. 아버지는 그저 한 시간 전으로 돌아가는 데 만족을 못 하셨어. 수년 전으로 돌아갈 수 있길 바라셨지. 딱히 사용할 생각은 없으셨을 거야. 솔직히 내가 보기엔 볼드모트가 없는 세상을 더 좋아하신 것 같거든. 어쨌든 아버지를 위해 만들어진 타임 터너가 있어.

해리   그걸 네가 갖고 있어?

드레이코는 타임 터너를 내놓는다.

드레이코   5분 시간제한도 없고 황금처럼 번쩍거리지. 말포이가 취향 그대로야. 너 웃고 있는 것 같은데.

해리   헤르미온느 그레인저. 헤르미온느가 첫 번째 타임 터너를 보관한 이유가 바로 그래서거든. 어딘가에 타임 터너가 또 있을지도 모른다는 우려 때문에. 이런 걸 갖고 있다간 아즈카반으로 끌려갈 수도 있었어.

드레이코 내가 이걸 내놓았다고 생각해 봐. 사람들이 내가 시간 여행을 할 수 있다는 사실을 알았다고 생각해 보라고. 그랬다면 그 소문을 더 이상 헛소문이라고 생각하지 않았겠지.

해리는 드레이코를 본다. 드레이코의 마음이 전부 이해된다.

해리 스코피어스 때문이었군.

드레이코 우린 아이를 가질 수는 있었지만 애스토리아가 너무 약했어. 가문의 저주 때문이었지. 심각한 저주였어. 선조 중 하나가 저주를 받았는데…… 그게 애스토리아에게서 나타난 거야. 그런 저주는 몇 세대가 지난 뒤에 다시 나타나기도 하잖아…….

해리 정말 안타까운 일이군, 드레이코.

드레이코 난 애스토리아의 건강을 해치고 싶지 않았어. 그래서 아버지가 뭐라고 하시든 나한테서 말포이 가문의 대가 끊겨도 상관없다고 했지. 하지만 애스토리아는…… 애스토리아는 말포이 가문의 대를 잇기 위해서, 순수 혈통이나 명예를 위해서가 아니라, 그저 우리 아기를 갖고 싶어 했어. 그렇게 해서 우리의 아이 스코피어스가 태어났고…… 그날은 우리 둘에게 생애 최고의 날이었어. 하지만 애스토리아는 몹시 쇠약해졌지. 우리 세 식구는 은둔 생활을 시작했어. 애스토리아의 몸조리를 위해서였는데…… 그런데 그런 소문이 돌더라고.

해리　얼마나 힘들었을지 나로선 상상이 안 가는군.

드레이코　애스토리아는 예전부터 자기가 오래 살 수 없다는 사실을 알고 있었어. 자기가 세상을 떠나도 내 곁에 누군가가 남길 바랐지……. 드레이코 말포이로 사는 건 특히 외로울 테니까. 나에 대한 의혹은 사라지지 않을 거야. 과거로부터 도망칠 수는 없지. 하지만 남을 재고 떠들어 대기 좋아하는 이 세상으로부터 아들을 숨겨 둔 탓에 결국 그 애가 나보다 훨씬 더 심한 의혹에 시달리게 될 줄은 정말 몰랐어.

해리　사랑은 눈을 멀게 하지. 우리 둘 다 자식에게 그 애가 필요로 하는 것이 아니라 우리가 필요로 하는 것을 주려 했어. 우리의 과거를 뜯어고치는 데 급급해서 그 애들의 현재를 망쳐 놓은 셈이지.

드레이코　그러니까 네가 이걸 받아야 해. 난 이걸 갖고 있는 동안 간신히 유혹을 뿌리쳤어. 애스토리아와 단 1분이라도 함께할 수 있다면 내 영혼이라도 팔 수 있을 것 같았지만…….

해리   아아, 드레이코…… 안 돼. 우린 이걸 쓸 수 없어.

드레이코가 고개를 들어 해리를 본다. 그 어느 때보다도 참담한 상황에서, 두 사람은 난생처음 친구로서 서로를 보고 있다.

드레이코   그 애들을 찾아야 해. 수백 년이 걸려도 우린 아이들을 찾아야 해…….

해리   애들이 어디에 있는지, 어느 때에 가 있는지 전혀 알 수 없어. 어느 시점으로 가야 하는지도 모른 채 무작정 과거를 뒤지는 건 헛수고야. 사랑도, 타임 터너도, 안타깝지만 그런 용도로 존재하는 건 아니고. 이제 우리 아이들에게 달려 있어. 우리를 구할 수 있는 건 그 애들뿐이야.

4막 5장

1981년 고드릭 골짜기, 제임스와 릴리 포터의 집 외부

알버스와 스코피어스가 속수무책으로 주위를 두리번거린다.
두 소년은 이 엄청난 난관에서 빠져나갈 방법을 궁리하고 있다.

알버스   할머니 할아버지께 말씀드릴까?

스코피어스 두 분은 아드님이 자라는 모습을 절대 보지 못하실
거라고?

알버스   할머니는 강한 분이셔. 내가 알아. 너도 우리 할머니
를 봤잖아.

스코피어스 그래, 훌륭하신 분이지, 알버스. 그리고 내가 너라
도 할머니께 말씀드리고 싶은 마음이 간절했을 거
야. 하지만 네 할머니는 볼드모트에게 해리 포터를
살려 달라고 애원해야 해. 아기가 죽을 수도 있다고

168

생각해야 한다고. 아기가 죽지 않는다는 사실을 알리는 건 사상 최악의 스포일러야…….

알버스 덤블도어. 그분이 살아 계시잖아. 우리 덤블도어한테 도움을 청해 보자. 네가 스네이프에게 그랬던 것처럼—

스코피어스 덤블도어한테 네 아빠가 살아남는다는 사실을 누설하자는 말이야? 결국 자식까지 보게 될 거라는 사실을?

알버스 덤블도어잖아! 그분은 어떤 일이든 간에 대처할 수 있다고!

스코피어스 알버스, 덤블도어가 무엇을 알고 그것을 어떻게 아는지, 그분이 이런저런 일을 한 이유가 무엇인지에 관한 책이 100권쯤 나와 있어. 한 가지 확실한 사실은, 그분이 하신 일들을 그분이 꼭 하셔야 한다는 거야. 난 그걸 어그러뜨리는 위험을 감수하진 않을 거야. (애원하는 얼굴로 친구를 보며 잠시 뜸을 들인다) 내가 도움을 청할 수 있었던 건 그곳이 또 다른 현재였기 때문이야. 여긴 아니잖아. 우린 지금 과거에 와 있어. 과거를 바꾸면 문제만 더 생길 거야. 우리가 이번 모험을 통해 배운 점이 있다면 바로 그거잖아. 누구한테 말을 걸고 시간에 영향을 미치는 건 너무 위험한 일이야.

알버스 그렇다면…… 미래에 말을 걸어야겠다. 우리 아빠 한테 메시지를 보내는 거야.

스코피어스 하지만 시간을 앞질러 날아가는 부엉이가 있는 것도 아니잖아. 네 아빠가 타임 터너를 갖고 계신 것도 아니고.

알버스 일단 아빠한테 메시지를 보내자. 그럼 아빠는 어떻게든 여기로 오는 방법을 찾을 거야. 직접 타임 터너를 만드는 한이 있어도 올 거라고.

스코피어스 기억을 보내는 거야……. 펜시브처럼……. 네 아빠 옆에서 지켜보다가 메시지를 전달한 다음, 아저씨가 꼭 알맞은 순간에 그 기억을 떠올리길 바라는 거지. 가능성이 희박하긴 하지만…… 아기 옆에 서서 계속 외쳐 보자. **도와주세요. 도와주세요. 도와주세요.** 이렇게. 뭐, 아기한테 조금 트라우마로 남을지도 모르겠다.

알버스 겨우 조금이잖아.

스코피어스 그 정도는 앞으로 겪을 일에 비하면 아무것도 아니지……. 그런데 네 아빠가 나중에…… 떠올리게 되면…… 혹시라도 소리치던 우리의 얼굴을 떠올릴 수도 있으니—

알버스　도와주세요, 하고.

스코피어스는 알버스를 본다.

스코피어스　그래. 그건 좀 아니다.

알버스　네가 낸 최악의 아이디어 중 하나지.

스코피어스　맞아! 우리가 직접 전달하는 거야. 40년 동안 기다렸다가…… 직접 전달하면—

알버스　어림도 없어. 델피는 원하는 대로 과거를 바꾼 다음 바로 군대를 보내서 우릴 찾으려 할 거야……. 우릴 죽일 거라고…….

스코피어스　그럼 구덩이를 파서 숨어 있을까?

알버스　너랑 앞으로 40년 동안 한 구덩이에 숨어 살면 굉장히 즐겁긴 하겠지만…… 그래도 그들은 우릴 찾아낼 거야. 그럼 우리는 죽고, 결국 과거는 이상하게 바뀌겠지. 안 돼. 그보단 우리가 통제할 수 있는 것, 아빠가 제때 받을 거라고 확신할 수 있는 무언가를 찾아야 해. 그러니까…….

스코피어스　그런 건 없어. 어쨌든 난 영원한 어둠이 부활했을 때 함께할 동반자를 고르라면 너를 택하겠어.

알버스　기분 나쁘게 듣진 마. 난 건장한 체격에 마법을 정말 잘하는 사람을 택할 것 같아.

　　릴리가 아기 해리를 유모차에 태우고 집 밖으로 나오
면서 아기에게 정성스레 담요를 덮어 준다.

아빠의 담요야. 아빠를 담요로 감싸 주고 계셔.

스코피어스　그야, 날씨가 좀 쌀쌀하니까.

알버스　아빤 늘 얘기했어. 저 담요는 할머니한테 물려받은
　　유일한 물건이라고. 정말 사랑을 가득 담아서 담요
　　를 덮어 주시네. 아빠가 알면 좋아하겠다. 아빠한테
　　얘기해 줄 수 있다면 좋을 텐데.

스코피어스　나도 우리 아빠랑 얘기할 수 있다면 좋겠다……. 무
　　슨 얘길 해야 할지는 모르겠지만. 나도 가끔은 아빠
　　가 생각하는 것보다 더 용감하다는 얘기를 할 수 있
　　다면 좋을 텐데.

　　알버스에게 어떤 생각이 떠오른다.

알버스　스코피어스…… 우리 아빠는 아직도 저 담요를 갖고
　　있어.

스코피어스　소용없어. 만약 우리가 지금 저 담요에 메시지를 써

172

놓으면 아무리 작게 써도 너무 일찍 읽어 버리실 테니까. 그럼 역사가 틀어지겠지.

알버스   너 혹시 사랑의 묘약에 대해 아는 거 있어? 어떤 재료가 들어가는지 알아?

스코피어스   진주 가루랑 이것저것 들어가지.

알버스   진주 가루는 좀 희귀한 재료 아니야?

스코피어스   값이 꽤 비싸거든. 그런데 그건 왜 물어보는 거야, 알버스?

알버스   학교에 가기 전날 아빠하고 다퉜거든.

스코피어스   그건 나도 알지. 어떤 면에선 그 일 때문에 지금 우리가 여기까지 오게 됐다고 생각하는데.

알버스   그때 내가 방에서 저 담요를 집어 던졌어. 그런데 그게 사랑의 묘약에 맞았지. 론 삼촌이 장난삼아 나한테 사랑의 묘약을 보내 줬거든. 사랑의 묘약이 쏟아져서 담요를 적셨는데, 마침 내가 확실하게 알고 있는 바에 따르면 우리 엄마는 내가 뛰쳐나온 뒤로 아빠가 그 방을 건드리지 못하게 했대.

스코피어스   그래서?

알버스   여기뿐만 아니라 거기에도 모든 성인의 날 전야가 다가오잖아. 아빠 모든 성인의 날 전야가 되면 항상 그 담요를 찾는다고, 그 담요를 곁에 둬야 한다고 나한테 그랬거든. 할머니가 남겨 주신 유일한 물건이니까. 그러니까 아빠는 그 담요를 찾을 테고, 그걸 찾으면…….

스코피어스 글쎄. 난 아직도 모르겠는데.

알버스 진주 가루에 반응하는 게 뭐가 있어?

스코피어스 뭐, 데미가이즈 팅크와 진주 가루가 만나면…… 불이 붙는다는 얘기가 있긴 해.

알버스 그…… (어떻게 발음해야 하는지 잘 모른다) 데미가이즈 팅크는 맨눈으로 볼 수 있어?

스코피어스 아니.

알버스 그럼 우리가 저 담요에다 데미가이즈 팅크로 글씨를 쓰면…….

스코피어스 (불쑥 깨닫는다) 아무 일도 없다가 사랑의 묘약이 닿으면 그때 반응하겠지. 그러니까 현재의 네 방에서 반응을 일으킨단 얘기야. 아아, 덤블도어시여, 정말 좋은 생각이다.

알버스 그럼 이제 우리가 알아내야 할 건…… 데미가이즈를 어디에서 구하냐는 건데.

스코피어스 그게 말이지, 소문에 따르면 바틸다 백숏은 마법사들이 문을 잠그고 살 이유가 전혀 없다고 말했대.

문이 휙 열린다.

소문이 맞았네. 이제 지팡이 몇 개를 훔쳐서 약을 만
들어 보자고.

4막 6장

해리와 지니 포터의 집, 알버스의 방

해리가 알버스의 침대에 앉아 있다. 지니가 들어와 그를 본다.

지니　　여기서 보다니 놀랍네.

해리　　걱정 마. 아무것도 건드리지 않았어. 당신의 제단은
　　　　　그대로야. (움찔하며) 미안. 그런 표현을 쓰면 안 되
　　　　　는 건데.

　　　　　지니는 아무 말도 하지 않는다. 해리가 고개를 들어
　　　　　그녀를 본다.

　　　　　당신도 알다시피 난 모든 성인의 날 전야를 끔찍하
　　　　　게 보낸 적이 꽤 많잖아……. 하지만 확실히 이번 모

든 성인의 날 전야는 그중에서도 최소한…… 두 번
째로 꼽을 수 있을 거야.

지니   내가 잘못 생각했어. 당신 탓으로 돌린 거. 늘 당신
한테 성급하다고 뭐라 했었는데 이번엔 내가 성급했
어……. 알버스가 사라진 게 당신 때문이라고 넘겨
짚었지. 미안해.

해리   내 탓이 아니라는 얘기야?

지니   해리, 그 애는 막강한 어둠의 마법사에게 납치됐어.
그게 어떻게 당신 탓이야?

해리   내가 그 애를 쫓아냈잖아. 내가 그 애를 그 여자한테
보내 버렸어.

지니   이미 끝난 것처럼 얘기하지 않으면 안 될까?

지니는 고개를 끄덕인다. 해리는 울음을 터트린다.

해리   미안해, 지니—

지니   내 말 못 들었어? 나도 미안해.

해리   나는 살아남지 말았어야 했어. 난 죽을 운명이었
잖아……. 덤블도어 교수님도 그렇게 생각하셨는
데…… 그런데도 살아남았지. 볼드모트를 이기고.
그렇게 많은 사람…… 그 크레이그라는 아이와 우리

177

부모님, 프레드, 호그와트 전투의 전사자 50명……
그렇게 많은 사람이 죽었는데 왜 내가 살아남았을
까? 어떻게 그럴 수가 있지? 이 모든 피해가…… 다
나 때문이야.

지니 그들을 죽인 건 볼드모트야.

해리 하지만 내가 좀 더 빨리 막았다면? 사람들의 목숨이
전부 나한테 달려 있었어. 게다가 이젠 내 아들까지
빼앗기고—

지니 그 애는 죽지 않았어. 내 말 듣고 있어, 해리? 안 죽
었다고.

　　지니는 해리를 품에 안는다. 긴 정적. 오직 참담함만
　　이 그 안을 채운다.

해리 '살아남은 아이'. 그 '살아남은 아이' 때문에 얼마나
많은 사람이 죽어야 하는 거야?

　　해리는 마음을 잡지 못하고 잠시 동요한다. 그러다
　　담요를 발견한다. 그는 그리로 걸어간다.

　　나한테 남은 건 이 담요뿐이야……. 그 모든 성인의

날 전야의 유일한 흔적. 부모님을 기억하게 해 주는
유일한 물건이지. 그리고—

해리는 담요를 집어 든다. 담요에 나 있는 구멍들을
발견한다. 그는 구멍들을 보고 낙담한다.

구멍이 났어. 론의 그 바보 같은 사랑의 묘약 때문에
타 버린 모양이야. 구멍이 뚫렸어. 이것 좀 봐. 다 망
가졌어. 엉망이 됐다고.

그는 담요를 던져 놓는다. 지니가 그것을 집어 들고
살펴본다.

지니   해리…….

해리   왜 그래?

지니   해리, 여기에 뭔가…… 적혀 있어…….

이때 알버스와 스코피어스가 불쑥 나타나서 해리 그
리고 지니와 무대를 함께 쓴다. 단, 이들은 서로 다
른 시간대에 존재하고 있다.

알버스   "아빠·······."

스코피어스   '아빠'로 시작하게?

알버스   그래야 내가 쓴 줄 알지.

스코피어스   네 아빠 성함은 해리잖아. '해리'로 시작해야 해.

알버스   (단호하게) '아빠'로 시작할 거야.

해리   '아빠'. '아빠' 맞지? 뚜렷하진 않은데·······.

스코피어스   "아빠, **도와줘요**(HELP)."

지니   '안녕(Hello)'? 이건 '안녕'인가? 그다음엔······ '좋아
(Good)'·······.

해리   '아빠 안녕 좋아 안녕(Dad Hello Good Hello)'? 아
니야. 그건······ 너무 이상한데.

알버스   "아빠. 도와줘요. 고드릭 골짜기(Dad. Help.
Godric's Hollow)."

지니   이리 줘 봐. 내가 당신보다 시력이 좋잖아. 그래, '아
빠, 안녕 좋아.' 그다음엔 '안녕'이 아닌데·······. '성인
(Hallow)' 아니면 '골짜기(Hollow)' 같은데? 그리고
숫자가 적혀 있어. 이건 좀 더 뚜렷하게 보이네·······.
'8······ 1······ 1······ 0······ 3······ 1'. 머글 전화번호
인가? 아니면 좌표나·······.

해리가 고개를 든다. 여러 가지 생각이 한꺼번에 밀

려든다.

해리 아니야. 날짜야. 1981년 10월 31일. 우리 부모님이
살해된 날.

지니는 해리를 본다. 그러곤 다시 담요를 본다.

지니 이것도 '안녕(Hello)'이 아니야. '도와줘요(Help)'야.
해리 '아빠. 도와줘요. 고드릭 골짜기. 81년 10월 31일.'
이건 메시지야. 이 영리한 녀석이 나한테 메시지를
남겼어.

해리는 지니에게 진하게 입을 맞춘다.

지니 이걸 알버스가 썼다고?
해리 자기들이 어디에 있는지, 어느 때에 있는지 알려 준
거야. 이제 우린 그 여자가 어디에 있는지 알아. 그
여자와 어디에서 싸울 수 있는지 알게 됐다고.

해리는 지니에게 또 한 번 진하게 입을 맞춘다.

지니   아직 애들을 찾아온 건 아니야.

해리   난 헤르미온느에게 부엉이를 보낼게. 당신은 드레이코한테 보내. 타임 터너를 가지고 고드릭 골짜기에서 우리랑 만나자고 전해 줘.

지니   '우리'라고 했지? 날 두고 갈 생각은 하지 마, 해리.

해리는 고마운 마음과 사랑을 가득 담아 아내에게 입을 맞춘다.

해리   당연히 당신도 가야지. 우리에게 기회가 생겼어, 지니. 아아, 덤블도어시여. 그거면 돼. 가능성이 생겼다고.

4막 7장

고드릭 골짜기

론, 헤르미온느, 드레이코, 해리, 지니가 현재의 고드릭 골짜기를 걷고 있다. 장이 서는, 북적거리는 소도시다(수년 사이에 마을이 좀 더 커졌다).

헤르미온느 고드릭 골짜기. 여기 온 지 20년쯤 됐을걸…….

지니 내 눈에만 그렇게 보이는 거야 아니면 정말로 머글들이 더 많아진 거야?

헤르미온느 이제 주말 휴가지로 꽤 인기 있거든.

드레이코 왜 그런지 알겠군. 저 초가지붕들 좀 봐. 그리고 저건 농산물 직거래 시장 아니야?

헤르미온느가 해리에게 다가간다. 해리는 감탄하며

183

주위를 두리번거리고 있다.

헤르미온느   마지막으로 여기 왔을 때 기억나? 꼭 예전으로 돌아
간 것 같다.

론   예전으로 돌아간 것 같긴 한데, 달갑지 않은 꽁지 머
리가 끼어 있네.

드레이코는 론의 말에 가시가 있음을 알아차린다.

드레이코   혹시 내가…….

론   말포이, 네가 해리와 아주 다정한 사이가 됐는지는
몰라도, 또 꽤 괜찮은 아들을 낳았는지는 몰라도 내
아내에 대해서 몹쓸 이야기를 하고 다녔잖아. 아내
한테 대놓고 말하기도 하고…….

헤르미온느   하지만 당신 아내는 당신이 자기 대신 싸워 주는 걸
원치 않는대.

헤르미온느는 론을 매섭게 노려본다. 론은 그 시선
을 견딘다.

론   좋아. 하지만 헤르미온느나 나에 대해 한 마디만 더

하면…….

드레이코 그럼 어떻게 할 건데, 위즐리?

헤르미온느 그럼 론이 널 껴안아 줄 거야. 이제 우리 모두 한 팀
이니까. 안 그래, 론?

론 (헤르미온느의 흔들림 없는 시선에 주춤하며) 알았어.
난…… 그러니까, 네 머리가 정말 멋지다고 생각해,
드레이코.

헤르미온느 고마워, 남편. 여기가 좋겠다. 여기서 하자…….

드레이코가 타임 터너를 꺼낸다. 장치가 마구 돌아
가기 시작하자 일행은 그 주위에 빙 둘러 자리를 잡
는다.

쉭 하고 거대한 빛이 지나간다. 요란한 소리가 난다.
시간이 정지한다. 이윽고 시간이 방향을 틀더니 잠
시 주춤하다 뒤로 감기기 시작한다. 처음에는 느리
게…….

그러다 점점 빨라진다.

그들은 주위를 둘러본다.

론 됐어? 작동한 거야?

4막 8장

1981년 고드릭 골짜기, 어느 오두막

알버스가 연이어 나타나는 지니와 해리를 보고 놀라 고개를 든다. 뒤이어 기뻐하는 나머지 일행(론과 드레이코, 헤르미온느)을 알아본다.

알버스   **엄마?**

해리   알버스 세베루스 포터. 널 보니 얼마나 기쁜지 모르겠다.

    알버스가 달려와 지니의 품에 안긴다. 지니는 기쁨에 겨워 아들을 안아 준다.

알버스   우리 메시지를 받으셨어요……?

지니   너희 메시지를 받았지.

스코피어스가 자신의 아빠에게로 빨리 걸어간다.

드레이코   네가 원한다면 우리도 포옹해도 되는데…….

스코피어스는 아빠를 보고 잠시 주춤한다. 그런 다음 두 사람은 매우 어정쩡하게 한 팔로 엉거주춤 포옹을 한다. 드레이코가 미소 짓는다.

론   자, 델피라는 여자는 어디 있어?

스코피어스   델피에 대해 아세요?

알버스   델피도 여기 있어요. 아빠를 죽이려고 하는 것 같아요. 볼드모트가 저주를 받기 전에 말이에요. 자기가 아빠를 죽여서 예언을 깨고…….

헤르미온느   그래, 우리도 그럴 거라고 생각했어. 지금 그 여자가 정확히 어디에 있는지 아니?

스코피어스   사라졌어요. 그런데 어떻게…… 어떻게…… 타임 터너도 없이…….

해리   (스코피어스의 말을 끊으며) 얘기하자면 아주 길고 복잡해, 스코피어스. 그리고 그런 이야기를 할 시간이 없어.

드레이코가 해리에게 고맙다는 듯이 미소 짓는다.

헤르미온느 해리 말이 맞아. 시간이 핵심이야. 사람들이 모두 제 일을 하게 해야 해. 자, 고드릭 골짜기는 그리 넓은 곳이 아니지만, 그 여자가 어느 쪽에서 나타날지는 아무도 몰라. 그러니까 이 마을이 잘 보이는 장소가 필요해. 여러 방면을 분명하게 관찰할 수 있는 곳…… 그리고 무엇보다도 우리를 숨겨 줄 수 있는 곳이어야 해. 우리가 사람들 눈에 띄면 안 되니까.

모두들 인상을 쓰고 생각에 잠긴다.

성 제롬 교회라면 이 모든 조건을 충족하는 것 같은데, 어때?

4막 9장

1981년 고드릭 골짜기, 교회, 예배당

알버스는 교회의 긴 신도석에서 잠들어 있다. 지니는 아들을 주의 깊게 지켜본다. 해리는 맞은편 창밖을 내다보고 있다.

해리   없어. 아무것도 안 보여. 왜 오지 않을까?

지니   우린 모두 함께 있어. 자기 어머니와 아버지도 살아 계시고. 해리, 우리는 시간을 되돌릴 수는 있지만 시간을 빨리 가게 할 수는 없어. 그 여자는 준비가 되면 올 거야. 우리도 준비하고 있으면 돼.

　　　　지니는 알버스의 잠든 모습을 바라본다.

우리 모두는 아니고.

해리	이 가엾은 녀석은 자기가 세상을 구해야 한다고 생각했겠지.
지니	이 가엾은 녀석이 세상을 구했어. 그 담요는 정말 걸작이었잖아. 사실, 이 녀석이 세상을 무너뜨릴 뻔하긴 했지만 웬만하면 그 부분은 생각하지 말자.
해리	자기가 보기엔 이 녀석이 괜찮은 것 같아?
지니	잘해 나가고 있어. 시간이 조금 걸리는 것뿐이야. 당신도 그렇고.

> 해리가 미소 짓는다. 지니는 다시 알버스를 본다. 해리도 알버스를 본다.

있잖아, 내가 비밀의 방을 연 다음에 말이야. 볼드모트가 그 끔찍한 일기장으로 나를 홀려서 내가 하마터면 모든 것을 무너뜨릴 뻔했을 때—

해리	기억나.
지니	그때 병원에서 나와 보니…… 모두가 나를 피하고 외면하더라고……. 그런데 딱 한 명, 아쉬울 게 전혀 없는 한 남자애가…… 그리핀도르 휴게실 저쪽에서 걸어오더니 내게 폭발하는 카드 게임을 하자는 거야. 사람들은 당신에 대해 속속들이 안다고 생각하

190

지만, 사실 당신의 가장 좋은 점은 조용히 영웅 같은 행동을 한다는 거지. 항상 그랬어. 그러니까 내가 하려는 말은…… 이번 일이 해결되고 나면 당신이 명심해 줬으면 하는 게 있어. 가끔 사람들은…… 특히 아이들은 그저 폭발하는 카드 게임을 함께할 사람을 원한다는 사실 말이야.

해리 우리가 놓친 게 그거라고 생각해? 폭발하는 카드 게임?

지니 아니. 그보단, 내가 그날 당신에게서 느낀 애정…… 알버스도 그걸 느끼는지는 잘 모르겠지만.

해리 난 이 녀석을 위해서라면 뭐든 할 수 있어.

지니 해리, 당신은 누구에게든 그럴 수 있는 사람이야. 당신은 세상을 위해 기꺼이 자신을 희생했잖아. 알버스에겐 특별한 사랑이 필요해. 그래야 아이가 더 강해질 거야. 당신도 더 강해지고.

해리 있잖아, 알버스가 사라졌다고 생각했을 때, 난 그때야 비로소 우리 어머니가 어떻게 날 위해 그런 일을 했는지 진심으로 이해했어. 어떻게 죽음의 저주도 튕겨 낼 만큼 강력한 방어 마법을 쓸 수 있었는지 말야.

지니 볼드모트가 유일하게 이해하지 못한 마법이었지. 바로 사랑.

이 공간에서 이 하나의 단어가 묵직하면서도 아름답게 느껴진다.

해리   난 이 녀석을 특별하게 사랑해, 지니.

지니   알아. 하지만 알버스가 느끼게 해 줘야지.

해리는 자신이 무엇을 바꿔야 하는지 깨닫고 아내를 보며 슬프게 미소 짓는다.

해리   당신 같은 사람이 곁에 있다니 난 참 운이 좋아. 그렇지?

지니   정말 운이 좋은 거지. 지금 같은 상황만 아니었다면 당신이 얼마나 행운아인지 즐겁게 얘기할 수 있었을 텐데. 일단 지금은 델피를 막는 일에 집중하자.

해리   시간이 다 되어 가는데.

지니에게 문득 어떤 생각이 떠오른다.

지니   그런데…… 해리, 델피가 왜 하필 지금 이 시간을 골랐는지 아무도 생각해 보지 않았지? 왜 하필 오늘인 걸까?

해리 그야 오늘이 모든 게 바뀐 날이니까…….

지니 지금 당신이 태어난 지 1년이 넘었지?

해리 1년 3개월 됐어.

지니 그럼 그 여자는 그 1년 3개월 가운데 아무 때나 골라 당신을 죽일 수 있었잖아. 지금만 해도 그 여자가 고드릭 골짜기에 온 지 24시간이 지났어. 대체 뭘 기다리는 걸까?

해리 난 아직도 무슨 말인지 모르겠는데—

지니 혹시 당신을 기다리는 게 아니고…… 그를 기다리는 거라면? 그를 막으려는 거라면?

해리 뭐?

지니 델피가 오늘 밤을 택한 건 그가 오늘 여기에 오기 때문이야. 자기 아버지가 오기 때문이라고. 델피는 아버지를 만나고 싶은 거야. 아버지, 자신이 사랑하는 아버지와 함께 있고 싶은 거지. 볼드모트는 당신을 공격한 뒤부터 고난을 겪기 시작했잖아. 당신을 공격하지 않았더라면…….

해리 그는 오히려 더 강해졌겠지. 어둠의 세력은 더 어두워졌을 테고.

지니 그 예언을 깨는 가장 좋은 방법은 해리 포터를 죽이는 게 아니야. 볼드모트가 하려는 일을 막는 거지.

4막 10장

1981년 고드릭 골짜기, 교회

혼란에 빠진 해리 일행이 한데 모여 있다.

론   그러니까 정리하면…… 우리가 볼드모트를 보호하려고 싸운다고?

알버스   할머니 할아버지를 죽이고, 아빠까지 죽이려 한 볼드모트를요?

헤르미온느 그래, 맞아, 지니. 델피는 해리를 죽이려는 게 아니야. 해리를 죽이려는 볼드모트를 막으려는 거지. 기발하군.

드레이코   그럼…… 우린 그냥 기다려? 볼드모트가 나타날 때까지?

알버스   그런데 볼드모트가 언제 나타날지 델피가 알까요?

그 여자가 24시간 동안 여기에 오지 않은 건 그가 언제 어느 쪽에서 나타날지 모르기 때문이 아닐까요? 역사책에는…… 혹시 내가 틀렸다면 알려 줘, 스코피어스. 역사책에는 그가 고드릭 골짜기에 언제 어떻게 나타났는지는 나와 있지 않잖아요?

스코피어스와 헤르미온느 틀리지 않았어.

론 어렵쇼! 이제 둘이나!

드레이코 그런데 그 점을 어떻게 이용하지?

알버스 제가 진짜 잘하는 게 뭔지 아세요?

해리 네가 잘하는 거야 많지, 알버스.

알버스 폴리주스를 만드는 거예요. 그리고 바틸다 백숏의 지하실에 필요한 재료가 전부 다 있을걸요. 폴리주스를 사용해 볼드모트로 변신해서 델피를 유인하면 되잖아요.

론 폴리주스로 변신하려면 그 사람의 신체 일부가 있어야 해. 우리에겐 볼드모트의 신체 일부가 없잖아.

헤르미온느 하지만 기본적인 아이디어는 마음에 드는데. 쥐로 변해서 고양이 앞에 선다는 거.

해리 변환 마법을 쓰면 얼마나 똑같이 변할 수 있지?

헤르미온느 그가 어떻게 생겼는지는 다 알잖아. 우리 중에 뛰어난 마법사도 몇 명 있고.

지니   변환 마법을 써서 볼드모트로 변신하자고?

알버스   그 방법밖에 없어요.

헤르미온느 그렇겠지?

론이 용감하게 앞으로 나선다.

론   그럼 내가 할게. 아무래도 내가 해야 할 것 같아. 내
        말은…… 볼드모트가 되는 게 썩 좋은 일은 아니지
        만…… 내 자랑을 할 생각은 아닌데…… 그래도 내
        가 우리 중에선 가장 성격이 느긋하니까…… 설사
        어둠의 왕으로 변신한다 해도 안달복달하는 너희보
        다야 타격을 덜 받겠지.

해리는 골똘히 생각하며 멀찍이 걸어간다.

헤르미온느 누가 안달복달한다는 거야?

드레이코   나도 자원하고 싶어. 볼드모트가 되려면 꼼꼼해야
        하거든……. 기분 나쁘게 듣지는 마, 론……. 그리
        고 어둠의 마법에 대한 지식도 있어야 하고, 또―

헤르미온느 나도 자원할래. 마법 정부 총리로서 그게 나의 책임
        이자 권리라고 생각해.

스코피어스 제비뽑기를 해야겠는데요…….

드레이코 넌 하지 마라, 스코피어스.

알버스 사실―

지니 아냐. 말도 안 돼. 내가 보기엔 다들 정신이 나갔어. 난 머릿속에서 그 목소리가 들리는 게 어떤 기분인지 알거든. 두 번 다시 그런 일이 일어나게 하진―

해리 어차피…… 내가 해야 해.

모두가 해리를 돌아본다.

드레이코 뭐?

해리 이 계획이 성공하려면 그 여자가 한 치의 의심도 없이 진짜 볼드모트라고 믿게 해야 해. 그 여자는 뱀의 말을 할 거야. 내가 아직까지 뱀의 말을 하는 데에는 이유가 있다는 걸 알고 있어. 하지만 무엇보다도 난…… 그처럼 되는 것이 어떤 기분인지 아니까. 그가 *되는* 게 어떤 건지 안다고. 내가 해야 해.

론 헛소리하지 마. 그럴듯한 논리지만 그럴듯한 헛소리야. 넌 절대 그가 되어선―

헤르미온느 아무래도 네 말이 맞는 것 같다, 친구.

론 헤르미온느, 그렇지 않아. 볼드모트는 절대…… 해

197

리는 안 돼—

지니　　　나도 내 오빠 편을 들고 싶진 않지만…….

론　　　　그랬다가 계속 볼드모트로 살아야 할 수도 있어. 영
　　　　　　원히.

헤르미온느　당신의 우려가 타당하긴 한데…….

해리　　　헤르미온느, 잠깐만. 지니.

지니와 해리의 시선이 마주친다.

당신이 원하지 않으면 하지 않을게. 하지만 그 방법
밖에 없는 것 같은데. 내 생각이 틀렸어?

지니는 잠시 생각한 뒤 가만히 고개를 끄덕인다. 해
리의 표정이 단호해진다.

지니　　　당신 말이 맞아.

해리　　　그럼 어서 하자.

드레이코　네가 어디로 어떻게 갈지부터 논의해야 하지 않을
　　　　　　까……. 그러니까—

해리　　　델피는 그를 기다리고 있어. 그러니까 먼저 나한테
　　　　　　올 거야.

드레이코 그다음엔? 델피가 오면 어떻게 할 거야? 혹시 잊었나 해서 얘기하는데, 그 여자는 엄청나게 강력한 마법사라고.

론 간단해. 해리가 여기로 데려오는 거야. 그런 다음 우리가 함께 쏴 버리면 되지.

드레이코 '쏴 버리면' 된다고?

헤르미온느는 주위를 둘러본다.

헤르미온느 우린 저 문 안에 숨어 있자. 해리 네가 그 여자를 이 지점으로 데려오면 (교회의 장미창을 통과한 햇살이 바닥에 닿는 지점을 가리킨다) 우리가 나와서 도망가지 못하게 하면 돼.

론 (드레이코를 보며) 그런 다음 *쏴 버리는* 거지.

헤르미온느 해리, 마지막으로 물을게. 정말 할 수 있겠어?

해리 응, 할 수 있어.

드레이코 아니야. 아무래도 변수가 너무 많아. 잘못될 공산이 너무 크다고. 변신 상태가 지속되지 않아서 발각될 수도 있잖아……. 그 여자가 여기서 도망치면 그땐 어떤 타격을 입힐지 예측할 수도 없어. 시간을 갖고 적절히 계획을 세워야—

알버스   드레이코 아저씨, 우리 아빠를 믿어 보세요. 절대 실
망시키지 않을 거예요.

해리는 감동하며 알버스를 본다.

헤르미온느   지팡이.

모두 지팡이를 꺼낸다. 해리는 자신의 지팡이를 꽉
움켜쥔다.
빛이 나타나 점점 커지다가 모든 것을 집어삼킨다.
느리고 기괴하게 변신이 이뤄진다.
해리에게서 볼드모트의 형상이 나타난다. 무시무시
하다. 해리가 돌아선다. 친구들과 가족을 둘러본다.
모두들 해리를 보고 경악을 금치 못한다.

론   미치겠군.

해리/볼드모트   성공이야?

지니   (차분하게) 응. 성공했어.

4막 11장

1981년 고드릭 골짜기, 교회

론과 헤르미온느, 드레이코, 스코피어스, 알버스가 창가에 서서 밖을 내다보고 있다. 지니는 차마 보지 못한다. 그녀는 좀 더 안쪽에 앉아 있다.

알버스가 떨어져 있는 엄마를 발견한다. 그러곤 엄마에게로 걸어간다.

알버스 괜찮을 거예요. 엄마도 알잖아요?

지니 엄마도 알아. 정말 그러길 바라고 말이야. 그냥……
아빠의 저런 모습을 보고 싶지 않아서 그래. 내가 사
랑하는 남자가 내가 증오하는 남자의 모습을 하고 있
잖아.

201

알버스는 엄마 옆에 앉는다.

알버스   나 그 여자를 좋아했어요, 엄마. 그거 알아요? 정말 좋아했어요. 델피. 그런데 그 여자가…… 볼드모트의 딸이었다고요?

지니   그들은 그런 짓을 잘해, 알버스. 거미줄을 쳐서 순진한 사람들이 걸려들게 하거든.

알버스   다 제 잘못이에요.

지니는 알버스를 품에 안는다.

지니   참 재미있네. 네 아빠도 다 자기 탓이라고 생각하는 것 같던데. 이상한 한 쌍이야, 두 사람.

문 쪽에서 스코피어스가 그들의 대화를 끊고 쉿 하는 신호를 보낸다.

스코피어스   그 여자예요. 그 여자라고요. 아저씨를 봤어요.

헤르미온느   위치로 가. 다들. 그리고 명심해. 해리가 저 여자를 빛 안으로 데려오기 전까지는 절대 나와선 안 돼. 기회는 한 번뿐이야. 망치지 말자고.

모두 신속하게 이동한다.

드레이코 헤르미온느 그레인저, 내가 헤르미온느 그레인저의
지시를 받고 있다니. (헤르미온느가 드레이코를 돌아보
자, 그가 미소를 짓는다) 그리 나쁘지 않은데.

스코피어스 아빠…….

모두 흩어진다. 그들은 커다란 두짝문 안에 숨는다.
해리/볼드모트가 다시 교회 안으로 들어온다. 그는
두세 걸음 걷다 돌아본다.

해리/볼드모트 어떤 마법사든 간에 나를 따르는 자는 단언컨대,
후회하게 될 것이다.

해리/볼드모트의 뒤로 델피가 등장한다. 델피는 이
끌리듯 그의 뒤를 따르고 있다. 이 사람은 그녀의 아
버지고, 지금은 그녀가 평생 기다려 온 순간이다.

델피 볼드모트 경. 저예요. 전 당신을 따르고 있습니다.

해리/볼드모트 난 너를 모른다. 그만 가거라.

델피는 심호흡을 한다.

델피   저는 당신 딸이에요.

해리/볼드모트   네가 내 딸이라면 내가 모를 리 없지.

델피는 애원하듯 해리/볼드모트를 본다.

델피   저는 미래에서 왔어요. 벨라트릭스 레스트레인지와 당신 사이에서 태어난 자식이랍니다. 호그와트 전투가 일어나기 전에 말포이 저택에서 태어났죠. 이 전투에선 당신이 패하게 돼요. 제가 당신을 구하러 왔어요.

해리/볼드모트가 돌아선다. 델피는 그와 눈을 맞춘다.

벨라트릭스의 충실한 남편 로돌푸스 레스트레인지가 아즈카반에서 돌아와 제가 누구인지 알려 주고 제가 이뤄야 할 예언을 말해 주었답니다. 저는 당신 딸이에요.

해리/볼드모트   난 벨라트릭스를 잘 아는데, 그러고 보니 확실히 그 여자를 닮았구나. 그녀의 가장 좋은 점을 물려받은 것 같진 않지만. 하지만 증거도 없이…….

델피가 열심히 뱀의 언어로 말한다.
해리/볼드모트는 사악하게 웃음을 터트린다.

그게 증거냐?

델피는 힘들이지 않고 허공으로 떠오른다. 해리/볼
드모트는 놀라서 뒤로 물러선다.

델피　저는 어둠의 왕을 섬기는 어거레이입니다. 저는 당
신을 섬기기 위해 제가 가진 모든 것을 바칠 각오가
되어 있습니다.

해리/볼드모트　(애써 놀라움을 감추며) 비행술은…… 나한테 배운
거냐?

델피　당신이 걸으신 길을 따르려고 노력했습니다.

해리/볼드모트　나와 똑같은 존재가 되려고 한 마법사는 본 적이
없는데.

델피　오해하진 마세요. 제가 당신처럼 위대한 존재가 될
수는 없죠. 다만 당신께서 자랑스러워할 만한 자식
이 되기 위해 평생을 노력했습니다.

해리/볼드모트 (말을 가로채며) 네가 누구인지 알겠구나. 네가 어떤 존재인지 알겠다. 딸아.

델피는 몹시 감동하며 해리/볼드모트를 본다.

델피　　아버지?

해리/볼드모트 우리가 함께하면 강력한 힘을 발휘할 수 있겠구나.

델피　　아버지…….

해리/볼드모트 이리 오너라. 빛 안으로 말이다. 나의 피로 만들어진 자식을 자세히 보고 싶구나.

델피　　아버지는 계획을 잘못 세우셨어요. 해리 포터를 공격해선 안 돼요. 그 아이는 아버지를 파멸시킬 거예요.

해리/볼드모트의 손이 해리의 손으로 바뀐다. 그것을 본 해리/볼드모트가 놀라고 당황해 얼른 손을 소매 속에 감춘다.

해리/볼드모트 그 애는 아기가 아니냐.

델피　　그 애에겐 어머니의 사랑이 있어요. 그것 때문에 아버지의 주문이 튕겨 나와 아버지를 무너뜨리게 돼요. 그 아이는 아주 강력해지고 아버지는 몹시 쇠약해지죠. 아버지는 결국 회복하지만, 그와의 전투에 17년이란 시간을 쏟아붓고는 끝내 패하고 말아요.

해리/볼드모트의 머리카락이 삐죽삐죽 나오기 시작한다. 그 자신도 그것을 느끼고 감추려 애쓴다. 그는 머리 위로 망토의 모자를 당겨 쓴다.

해리/볼드모트 그럼 그 아이를 공격하지 말아야겠구나. 네 말이 맞다.

델피 아버지?

해리/볼드모트의 몸이 줄어든다. 이제 볼드모트라기보다는 해리에 더 가까워 보인다. 그는 델피를 등지고 선다.

아버지?

해리 (계속 볼드모트의 목소리를 내려고 필사적으로 애쓰며) 훌륭한 계획을 세웠구나. 싸움은 그만두마. 너는 나를 크게 도왔다. 이제 내가 자세히 볼 수 있게 빛 안으로 오거라.

델피는 문 하나가 살짝 열렸다가 닫히는 모습을 목격한다. 그녀는 인상을 쓰며 빠르게 머리를 굴린다. 의혹이 커지고 있다.

델피   아버지…….

델피는 어떻게든 그의 얼굴을 다시 보려 한다. 그들의 움직임이 한바탕 춤판이 벌어진 것처럼 보인다.

볼드모트 경이 아니잖아.

델피는 손끝으로 광선을 쏜다. 해리도 이에 맞선다.

인센디오!

해리   인센디오!

방 한가운데서 두 광선이 만나 아름다운 폭발을 일으킨다.

해리 일행이 문을 열려고 하자 델피가 다른 손으로 두짝문에 광선을 쏜다.

델피   포터였군. 콜로포터스!

해리는 문을 보며 당황한다.

지니   (무대 밖에서) 그 여자가 그쪽에서 문을 잠갔어.

델피   왜? 친구들이 도와줄 줄 알았나 보지?

헤르미온느   (무대 밖에서) 해리…… 해리…….

해리   좋아. 나 혼자 상대해 주지.

해리는 다시 델피를 공격하러 간다. 그러나 델피가
훨씬 더 세다.
해리의 지팡이가 델피 쪽으로 날아간다. 해리는 이
제 무장 해제 상태다. 속수무책이다.

어떻게……? 당신 대체 뭐야?

델피   난 오랫동안 당신을 지켜봤어, 해리 포터. 난 내 아
버지보다도 당신을 더 잘 알지.

해리   내 약점을 알아냈다고 생각하나?

델피   나는 그분만큼 위대해지기 위해 계속 노력해 왔어!
물론, 그분은 역대 최고의 마법사이시지. 그래도 나
를 자랑스러워하실 거야. 엑스펄소!

해리가 몸을 굴려 피하는 순간 그의 뒤쪽 바닥이 폭
발한다. 그는 황급히 신도석 밑으로 기어 들어가 델
피와 어떻게 맞서 싸울지 궁리한다.

지금 기어서 도망치는 거야? 마법 세계의 영웅, 해
리 포터께서 생쥐처럼 도망을 가다니. 윙가르디움
레비오사!

신도석이 허공으로 떠오른다.

문제는, 굳이 시간을 들여 당신을 죽일 필요가 있느
냐는 거지. 어차피 내가 우리 아버지를 막으면 당신
의 파멸은 보장되는데 말이야. 어떻게 할까? 아, 지
루해. 그냥 죽여야겠어.

델피는 해리를 향해 신도석을 세차게 떨어뜨린다. 신
도석이 떨어지는 순간 해리는 필사적으로 몸을 굴려
피한다.
바닥의 쇠살대에서 알버스가 나오지만 아무도 이를
보지 못한다.

아바다—

알버스　　아빠…….

해리　　알버스! 안 돼!

알버스가 해리에게 지팡이 하나를 던진다. 해리는
지팡이를 받아 들며 아들이 엄청난 위험을 감수했다
는 사실에 경악한다.

델피　　둘씩이나? 선택을 해야겠군, 선택을. 아이부터 죽이
겠어. 아바다 케다브라!

델피는 알버스에게 살해 저주를 쏜다. 그러나 해리
가 알버스를 밀어낸다. 광선이 바닥을 때린다.
해리 역시 광선을 되쏘아 공격한다.

당신이 나보다 더 세다고 생각해?

해리　　아니. 그건 아니야.

그들이 서로를 향해 무자비하게 광선을 쏘는 동안 알
버스는 재빨리 몸을 굴려 두짝문에 차례차례 주문을
날리며 문을 연다.

알버스　알로호모라!

해리　하지만 우리는 당신보다 세지.

알버스　알로호모라!

해리　난 지금껏 혼자 싸운 적 없어. 앞으로도 그럴 거고.

　　　헤르미온느와 론, 지니, 드레이코가 문밖으로 나와 델피에게 마법을 쏜다. 델피는 격분하며 비명을 지른다. 굉장한 비명이다. 그러나 그녀는 그들 모두와 맞서 싸울 수가 없다.

　　　연달아 펑펑 터지는 소리가 들리고 델피는 힘에 밀리고 만신창이가 되어 바닥으로 나가떨어진다.

델피　안 돼…… 안 돼…….

헤르미온느　브라키아빈도!

　　　델피가 결박된다.

　　　해리가 델피에게 다가간다. 해리는 델피에게서 시선을 떼지 않는다. 나머지는 모두 물러나 있다.

해리　알버스, 너 괜찮니?

알버스　네, 아빠. 괜찮아요.

해리는 여전히 델피에게서 시선을 떼지 않는다. 여전히 그녀를 두려워한다.

해리 지니, 알버스가 다치지 않았어? 알버스가 무사한지 알려 줘…….

지니 고집을 부려서 어쩔 수 없었어. 쇠살대를 통과할 수 있는 사람이 알버스밖에 없었거든. 나도 못 하게 하려고 했어.

해리 괜찮은지만 얘기해.

알버스 괜찮아요, 아빠. 정말이에요.

해리는 계속해서 델피에게 다가간다.

해리 많은 사람이 나를 해치려 했지…….. 하지만 내 아들까지! 감히 내 아들을 다치게 하다니!

델피 난 내 아버지를 만나고 싶었을 뿐이야.

이 말에 해리가 놀란다.

해리 네 삶을 다시 쓸 수는 없어. 넌 영원히 고아야. 그 사실은 절대 변하지 않아.

델피   그냥 그분을…… 보게만 해 줘.

해리   그럴 수 없어. 절대 안 돼.

델피   (진심을 다해 애절하게) 그럼 날 죽여 줘.

해리는 잠시 생각한다.

해리   그것도 안 되겠어…….

알버스   뭐라고요? 아빠? 저 여잔 위험해요.

해리   아니야, 알버스…….

알버스   저 여자는 살인자예요. 사람을 죽이는 걸 제가 봤다
　　　　　고요 —

해리는 돌아서서 자신의 아들과 지니를 차례로 바라
본다.

해리   그래. 알버스, 이 여자는 살인자야. 우린 아니고.

헤르미온느 그들보다 나은 사람이 되어야지.

론   그래, 좀 짜증 나긴 하지만 우리는 그렇게 배웠어.

델피   차라리 잊게 해 줘. 내 기억을 없애 줘. 내가 누구인
　　　　　지 잊게 해 달라고.

론   아니. 우리는 널 현재로 데려갈 거야.

헤르미온느 넌 아즈카반으로 가게 될 거야. 네 어머니처럼.

드레이코 넌 그곳에서 썩어 갈 거야.

> 해리는 어떤 소리를 듣는다. 쉭쉭거리는 소리.
> 뒤이어 죽음과도 같은 소리, 우리가 전에 들어 보았
> 던 그 소리가 난다.
> 해애리 포오터…….

스코피어스 저게 뭐죠?

해리 안 돼. 안 돼. 아직은 안 돼.

알버스 뭐예요?

론 볼드모트야.

델피 아버지?

헤르미온느 지금? 여기에?

델피 아버지!

드레이코 실렌시오! (델피의 입에 재갈이 물린다) 윙가르디움 레
비오사! (델피가 저 멀리 날아간다)

해리 그가 오고 있어. 지금 그가 오고 있어.

> 볼드모트가 무대 뒤에서 나와 무대를 가로질러 객석
> 으로 내려간다. 그가 퍼트리는 증오와 공포가 대기

를 가득 메운다. 볼드모트는 죽음을 데리고 왔다. 모
두가 그것을 느낀다.

———

4막 12장

1981년 고드릭 골짜기

해리는 속수무책으로 볼드모트를 바라본다.

해리　　　볼드모트가 내 어머니 아버지를 죽이려고 하는데 그
　　　　　　를 막을 방법이 아무것도 없다니.

드레이코　그건 아니지.

스코피어스아빠, 지금은 그런 말을 하실 때가…….

알버스　　그를 막을 수는 있잖아요. 하지 않는 것뿐이지.

드레이코　그게 대단한 거지.

　　　　　　지니가 해리의 손을 잡는다.

지니　　　꼭 보지 않아도 돼, 해리. 그냥 집에 가자.

해리   이렇게 손 놓고 있으면서…… 당연히 봐야지.

헤르미온느   그럼 우리 모두 같이 지켜볼게.

론   우리 모두 볼게.

        낯선 목소리들이 들린다…….

제임스   (무대 밖에서) 릴리, 해리를 데리고 가! 그가 왔어! 가! 도망쳐! 내가 그를 잡아 둘게…….

        폭발이 일어나고 뒤이어 웃음소리가 들린다.

저리 가 있어. 알았지? 멀리 가 있으라고.

볼드모트   (무대 밖에서) 아바다 케다브라!

        초록색 섬광들이 객석 주위에서 번쩍하자 해리가 움찔한다.
        알버스가 해리의 손을 잡는다. 해리는 알버스의 손을 꼭 잡는다. 지금 해리에겐 그 손길이 간절히 필요하다.

알버스   할아버지는 할 수 있는 일을 다하셨네요.

지니가 일어나 해리 옆에 서며 그의 다른 손을 잡는
다. 해리는 지니와 알버스에게 기댄다. 지금은 두 사
람이 해리를 지탱해 주고 있다.

해리   우리 어머니야. 창가에. 어머니가 보여. 아름다우시
네.

펑 소리와 함께 문짝들이 떨어져 나간다.

릴리   (무대 밖에서) 해리는 안 돼, 해리는 안 돼요. 제발 해
리는…….

볼드모트   (무대 밖에서) 저리 비켜, 이 멍청한 계집……. 당장
비키란 말이야…….

릴리   (무대 밖에서) 해리는 안 돼. 제발, 안 돼요. 날 데려
가. 차라리 날 죽여요…….

볼드모트   (무대 밖에서) 마지막 경고야—

릴리   (무대 밖에서) 해리는 안 돼! 제발요…… 부탁이에
요…… 부탁이에요……. 내 아들만은 안 돼요! 제
발…… 뭐든지 할게요.

볼드모트   (무대 밖에서) 아바다 케다브라!

번개가 해리의 몸을 관통하는 듯하다. 해리가 바닥에 주저앉는다. 몹시 비통해하며.

잦아드는 비명 같은 소리가 관객 주변에서 오르락내리락한다.

관객은 지켜만 본다.

서서히, 존재하던 것들이 더는 존재하지 않게 된다.

무대가 바뀌면서 회전한다.

해리와 그의 가족 및 친구 들이 빙글빙글 돌며 사라진다.

4막 13장

1981년 고드릭 골짜기, 제임스와 릴리 포터의 집 안

무대는 엉망이 된 채 불타고 있는 집 안으로 바뀌어 있다. 포악한 습격이 휩쓸고 지나간 집.
해그리드가 집 안으로 들어와 난장판 속을 걷는다.

해그리드 제임스?

해그리드가 주위를 두리번거린다.

릴리??

그는 너무 빨리, 너무 많은 것을 보지 않으려고 천천히 걷는다. 완전히 얼이 빠져 있다.

이윽고 그는 제임스와 릴리를 보고 걸음을 멈춘 채
아무 말도 하지 못한다.

그의 얼굴에 고통이 퍼져 나간다.

아. 아아. 어떻게, 어떻게…… 이렇게까지…… 얘기
를 듣긴 했지만…… 이 정도일 줄은 몰랐어…….

현실을 부인하고 싶어 하는 기색이 역력하다. 그는
제임스와 릴리를 보고서 고개를 숙여 애도를 표한
다. 그러곤 몇 마디 중얼거린 뒤 안쪽 호주머니에서
찌부러진 꽃 몇 송이를 꺼내 바닥에 놓는다.

미안해. 난 지시를 받았어. 그분한테, 덤블도어 교
수님께 지시를 받았어. 난 함께 기다려 줄 수가 없
어. 머글들이 파란 불을 번쩍이며 이리로 오고 있는
데, 나처럼 커다랗고 굼뜬 사내가 옆에 있으면 달가
워하지 않을 거야, 안 그래?

해그리드는 한차례 흐느낀다.

그래도 그냥 이렇게 가려니 마음이 아프다. 이거 하

나는 꼭 알아줘. 우린 절대 두 사람을 잊지 않을 거야. 나도…… 그 어떤 누구도.

이때 해그리드의 귀에 어떤 소리가 들린다. 아기가 훌쩍거리는 소리다. 해그리드는 그쪽을 돌아보며 좀 더 힘차게 걸음을 옮긴다.

그는 아기 침대 옆에 서서 아래를 내려다본다. 아기 침대에서 빛이 뿜어져 나오는 듯하다.

아이코. 안녕. 네가 해리구나. 안녕, 해리 포터. 난 루비우스 해그리드야. 네가 좋아할지는 모르겠지만 어쨌든 난 네 친구가 될 거야. 지금까지 힘들었을 테니 말이야, 넌 아직 모르겠지만. 어차피 너도 친구가 필요하잖아. 그러니까 네 생각에도 나랑 같이 가는 게 좋겠지?

번쩍이는 파란 불빛이 마치 영묘한 빛처럼 방 안을 가득 채우자 해그리드는 해리를 조심스레 품에 안아 올린다.

그러곤 뒤도 돌아보지 않고 성큼성큼 집 안을 가로질러 나간다.

무대가 차츰차츰 암전된다.

4막 14장

호그와트, 교실

스코피어스와 알버스가 몹시 흥분해서 교실로 달려 들어온다.
그들은 교실로 들어와 문을 쾅 닫는다.

스코피어스 내가 진짜로 해냈다니, 믿기지가 않아.

알버스 나도 네가 진짜로 해냈다니, 믿기지 않는다.

스코피어스 로즈 그레인저위즐리. 내가 로즈 그레인저위즐리에
게 데이트 신청을 했어.

알버스 그리고 그 애는 거절했지.

스코피어스 어쨌든 난 했잖아. 난 도토리를 심은 거야. 그 도토
리가 자라서 결혼이라는 결실을 맺겠지.

알버스 네가 중증 몽상가인 거 너도 알지?

스코피어스 그렇다고 대답하고 싶지만…… 폴리 채프먼이 나더

러 학교 무도회에 함께 가자고 했다니까…….

알버스   다른 현실에서, 그것도 네가 지금보다 훨씬, 아주 훨씬 더 인기가 많은 세상에서 다른 여자애가 너한테 데이트 신청을 했다고 해서—

스코피어스   그래, 맞아. 논리적으로 생각하면 난 폴리를 쫓아다녀야 하지. 아니면 폴리가 나를 쫓아다니게 두거나. 어쨌든 폴리는 예쁘기로 유명하잖아. 그래도 로즈는 로즈니까.

알버스   논리적으로 따지면 넌 정말 괴짜인 거 알아? 로즈는 널 싫어해.

스코피어스   정정. 예전에는 싫어했지만 아까 내가 데이트 신청할 때 눈빛 봤어? 싫어하는 눈빛이 아니었어. 불쌍해하는 눈빛이었지.

알버스   불쌍한 게 좋아?

스코피어스   연민은 출발점이야, 친구. 연민을 토대로 성을 쌓을 수도 있다고. 사랑의 성.

알버스   솔직히 난 너보다 내가 먼저 여자 친구를 사귈 줄 알았어.

스코피어스   아, 틀림없이 네가 먼저 사귈 거야. 눈이 흐릿한 새 마법약 교수 있잖아. 그 정도 연상이면 너한테 딱 좋지 않아?

알버스   나 연상 좋아하는 거 아니거든!

스코피어스   시간은 있어. 아주 많이 있으니까 느긋하게 유혹해 봐. 난 로즈를 설득하려면 몇 년 걸릴 것 같거든.

알버스   네 자신감이 존경스럽다.

로즈가 계단에서 알버스와 스코피어스를 지나치다가 두 사람 모두를 바라본다.

로즈   안녕.

두 소년 모두 어떻게 대답해야 할지 모른다. 로즈가 스코피어스를 쳐다본다.

로즈   어색하게 굴면 더 어색해져.

스코피어스   접수. 완전히 숙지했음.

로즈   그래. '스콜피언 킹'.

로즈는 얼굴에 미소를 띠고서 퇴장한다. 스코피어스와 알버스는 서로를 쳐다본다. 알버스가 활짝 웃으며 주먹으로 스코피어스의 팔을 툭 친다.

알버스 네 말이 맞을 수도 있겠다. 연민이 출발점이라는 말 말이야.

스코피어스 퀴디치 보러 갈래? 슬리데린하고 후플푸프하고 붙는데, 중요한 시합이야—

알버스 우린 퀴디치 싫어하지 않았어?

스코피어스 사람은 변할 수 있잖아. 그리고 나 요즘 연습 중이야. 이러다 올해 안에 퀴디치 팀에 들어갈지도 몰라. 같이 가자.

알버스 난 못 가. 아빠가 오신다고 했거든—

스코피어스 마법 정부 일을 제쳐 두고 시간을 내신 거야?

알버스 산책하자고 하시네. 나한테 보여 줄 게 있으시다고. 해 줄 얘기가 있으신가 봐.

스코피어스 산책?

알버스 알아. 뭐, 가족 간의 유대를 쌓거나 그 비슷하게 오글거리는 일이겠지. 그래도 가 봐야 할 것 같아.

스코피어스가 다가와 알버스를 껴안는다.

지금 뭐 하는 거야? 우린 포옹하지 않기로 한 줄 알았는데.

스코피어스 고민했어. 해야 할지 말아야 할지. 아무래도 우리 사이가 변한 것 같아서.

알버스 그래도 되는지 로즈한테 물어보는 게 좋겠다.

스코피어스 하! 그래. 그렇네.

두 소년은 떨어져서 서로를 보며 활짝 웃는다.

알버스 저녁 식사 때 보자.

4막 15장

어느 아름다운 언덕

아름다운 여름날에 해리와 알버스가 언덕을 오른다.
두 사람은 아무 말 없이, 얼굴에 내리쬐는 햇볕을 즐기고 있다.

해리　　준비는 됐니?

알버스　무슨 준비요?

해리　　4학년 시험이 있잖아. 그러고 나면 5학년이 될 테
　　　　　고. 5학년이 중요해. 아빤 5학년 때—

　　　　　해리는 알버스를 본다. 미소를 짓는다. 그러곤 얼른
　　　　　덧붙인다.

　　　　　많은 걸 했지. 좋은 일도 있었고, 나쁜 일도 있었고.

혼란스러운 일도 많았어.

알버스 알게 되니 좋은데요.

해리는 미소 짓는다.

제가 잠깐 봤잖아요……. 아빠의 부모님 말이에요. 세 분이…… 정말 즐거워 보였어요. 할아버지는 아빠한테 연기로 도넛을 만들어 보여 주시더라고요. 아빠는…… 아빠는 계속 깔깔거리며 웃었어요.

해리 그래?

알버스 두 분이 살아 계셨다면 아빠가 무척 따랐을 것 같아요. 저도 할아버지 할머니를 좋아했을 테고요.

해리는 고개를 끄덕인다. 둘 사이에 어렴풋이 불편한 침묵이 흐른다.
둘 다 서로에게 가까이 다가가려고 노력하지만 제대로 되지 않는다.

해리 있잖니, 아빠는 그에게서 벗어났다고 생각했어. 볼드모트 말이야. 아빠는 그를 완전히 떨쳐 낸 줄 알았지. 그런데 흉터가 다시 아프기 시작하고 그가 나오는 꿈을 꾸고 심지어 뱀의 말도 다시 할 수 있게 됐어. 갑자기 예전으로 돌아간 기분이 들었지. 그가 절대 놓아주지 않을 거라는—

알버스   그건 아니었죠?

해리   내 안에 있던 볼드모트의 일부는 오래전에 사라졌지만, 육체적으로 그를 떨쳐 낸 것만으로는 충분하지 않았어. 정신적으로도 그를 떨쳐 내는 과정이 필요했던 거지. 마흔 살이나 된 남자가 지금껏 그걸 몰랐으니.

그는 알버스를 본다.

아빠가 너한테 했던 말…… 용서하기 힘들 거야. 잊으라고 할 수도 없고 말이야. 그래도 우리가 그 일에 연연하지 않으면 좋겠다.
네게 더 좋은 아빠가 되기 위해 노력할게, 알버스. 그리고…… 너한테 솔직해지려고 노력할 거야…….

알버스   아빠, 꼭 그렇게까지—

해리   넌 아빠가 아무것도 두려워하지 않는다고 생각한다지만, 사실 아빤…… 두려운 게 엄청 많아. 어둠도 무서워해. 그거 알았니?

알버스 해리 포터가 어둠을 무서워한다고요?

해리 좁은 공간도 싫어하고…… 이건 아무한테도 말하지 않았는데 사실은…… (털어놓기 전에 잠시 머뭇거린다) 비둘기도 별로 좋아하지 않아.

알버스 비둘기를 좋아하지 않는다고요?

해리 (얼굴을 일그러뜨린다) 불쾌하고 얼룩덜룩하고 더럽잖아. 아빤 비둘기를 보면 소름이 돋아.

알버스 하지만 비둘기는 해롭지 않잖아요!

해리 알아. 하지만 알버스 세베루스 포터, 아빠한테 가장 두려운 건 네게 아빠가 되어 주는 일이야. 그것만큼은 어떤 도움도 없이 온전히 혼자 알아서 해야 하거든. 대부분의 사람들은 적어도 기준으로 삼을 만한 아빠라도 있잖아. 저렇게 되어야겠다, 혹은 저렇게 되지 말아야겠다, 생각할 만한 기준이 있어. 아빤 아무것도 없어. 거의 없는 셈이지. 그래서 아빤 배워 가는 중이야. 알겠니? 가급적 모든 것을 동원해서 네게 좋은 아빠가 되기 위해 노력할게.

알버스 저도 더 나은 아들이 되려고 노력할게요. 물론, 제임스 형과는 다르겠죠, 아빠. 저는 아빠와 형처럼 될 수는 없을 거예요—

해리 제임스는 나와 딴판이야.

알버스 그래요?

해리 제임스는 모든 걸 쉽게 해 나가거든. 아빠 어릴 때 끊임없이 발버둥 쳐야 했지.

알버스 저도 그랬어요. 그럼 제가…… 아빠를 닮았다고요?

해리는 알버스를 보며 미소 짓는다.

해리 사실 넌 엄마를 더 많이 닮았어. 대담하고 맹렬하고 재미있고…… 아빠는 그런 점을 좋아하거든. 그러니까 아빠 네가 꽤 훌륭한 아들이라고 생각해.

알버스 저는 세상을 무너뜨릴 뻔했어요.

해리 어차피 델피는 그 자리에 계속 있었을 거야, 알버스……. 넌 그 여자를 환한 곳으로 끌어내어 우리가 맞설 수 있게 해 줬어. 지금 넌 그렇게 생각하지 않겠지만 네가 우릴 구한 셈이야.

알버스 하지만 좀 더 잘했어야 하지 않을까요?

해리 아빠도 스스로에게 똑같은 질문을 할 것 같지 않니?

알버스 (아빠가 이런 생각은 하지 않으리라는 것을 알고 마음이 더 무거워진다) 게다가…… 우리가 그 여자를 잡았을 때…… 저는 그 여자를 죽이고 싶어 했어요.

해리 넌 그 여자가 크레이그를 죽이는 광경을 봤잖아. 그

234

래서 화가 났던 거야, 알버스. 그럴 수 있어. 하지만 어차피 죽이진 않았을 거야.

알버스   그걸 어떻게 알아요? 그게 제가 가진 슬리데린의 기질일 수도 있잖아요. 기숙사 배정 모자가 제게서 그런 기질을 봤겠죠.

해리   아빤 네 머릿속을 이해할 수가 없어, 알버스. 하긴, 넌 10대 아이이니까 내가 네 머릿속을 이해할 수 없는 게 당연하지. 그래도 아빤 네 본심을 알아. 예전엔 몰랐지. 아주 오랫동안…… 하지만 이번…… '모험' 덕분에 아빤 네 안에 어떤 기질이 있는지 알게 됐어. 슬리데린, 그리핀도르, 너한테 어떤 꼬리표가 붙든 아빤 알아. 네 본심이 선하다는 걸 안다고. 네가 좋든 싫든, 어쨌든 넌 마법사가 되어 가고 있어.

알버스   아, 저는 마법사가 되지 않을 거예요. 저는 비둘기 경주에 나갈까 봐요. 생각하니 꽤 신나는데요.

해리가 활짝 웃는다.

해리   네가 가진 이름…… 그걸 짐으로 생각해선 안 돼. 알버스 덤블도어도 그분 나름대로 시련을 겪으셨어. 그리고 세베루스 스네이프는…… 그분에 대해선 잘 알잖아—

알버스 다 좋은 분들이셨죠.

해리 훌륭한 분들이셨지. 커다란 결함도 갖고 계셨고. 그
런 결함이 그분들을 더 위대하게 만들었단다.

알버스는 주위를 둘러본다.

알버스 아빠? 여기는 왜 온 거예요?

해리 아빠가 자주 오는 곳이야.

알버스 하지만 여긴 묘지인데…….

해리 여기가 세드릭의 무덤이야…….

알버스 아빠?

해리 이번에 죽은 아이 말이야. 크레이그 보커……. 그 애
랑 얼마나 친했니?

알버스 별로 친하지 않았어요.

해리 아빠도 세드릭이랑 친하지 않았어. 세드릭은 잉글
랜드 퀴디치 선수가 될 수도 있었어. 혹은 뛰어난 오
러가 되었을 수도 있지. 살아 있었다면 뭐라도 되었
을 거야. 에이머스 어르신 말씀이 옳아. 그분은 세드
릭을 빼앗겼어. 그래서 아빠가 여기 오는 거야. 그냥
사과를 하려고. 시간이 날 때마다 오지.

알버스　　그건…… 좋은 일이네요.

　　　　　　알버스는 아빠와 나란히 세드릭의 무덤 앞에 선다.
　　　　　　해리는 아들을 보며 미소를 짓고는 고개를 들어 하늘
　　　　　　을 올려다본다.

해리　　　오늘은 날이 좋을 것 같구나.

　　　　　　그는 아들의 어깨를 어루만진다. 두 부자는 아주 조
　　　　　　금이나마 하나가 되려 한다.

알버스　　(미소 지으며) 제 생각도 그래요.

끝.

런던 공연 오리지널 캐스트

〈해리 포터와 저주받은 아이 1, 2부〉의 첫 제작은 소니아 프리드먼 프로덕션과 콜린 캘린더, 해리 포터 연극 프로덕션이 맡았다. 2016년 7월 30일에 런던 팰리스 극장에서 초연되었다.

출연(알파벳순)

크레이그 보커 2세	Jeremy Ang Jones
울보 머틀, 릴리 포터 1세	Annabel Baldwin
버넌 이모부, 세베루스 스네이프, 볼드모트 경	Paul Bentall
스코피어스 말포이	Anthony Boyle
알버스 포터	Sam Clemmett
헤르미온느 그레인저	Noma Dumezweni
폴리 채프먼	Claudia Grant
해그리드, 기숙사 배정 모자	Chris Jarman
얀 프레더릭스	James Le Lacheur
피튜니아 이모, 후치 선생, 덜로리스 엄브리지	Helena Lymbery
에이머스 디고리, 알버스 덤블도어	Barry McCarthy
간식 카트 마법사, 맥고나걸 교수	Sandy McDade
역장	Adam McNamara
지니 포터	Poppy Miller

세드릭 디고리, 제임스 포터 2세, 제임스 포터 1세	Tom Milligan
더들리 더즐리, 칼 젱킨스, 빅토르 크룸	Jack North
해리 포터	Jamie Parker
드레이코 말포이	Alex Price
베인	Nuno Silva
로즈 그레인저위즐리, 어린 헤르미온느	Cherrelle Skeete
델피 디고리	Esther Smith
론 위즐리	Paul Thornley

	Rudi Goodman
	Alfred Jones
어린 해리 포터	Bili Keogh
	Ewan Rutherford
	Nathaniel Smith
	Dylan Standen

	Zoe Brough
릴리 포터 2세	Cristina Fray
	Christiana Hutchings

기타 배역

Nicola Alexis, Jeremy Ang Jones, Rosemary Annabella, Annabel Baldwin, Jack Bennett, Paul Bentall, Claudia Grant, James Howard, Lowri James, Chris Jarman, Martin Johnston, James Le Lacheur, Helena Lymbery, Barry McCarthy, Andrew McDonald, Adam McNamara, Tom Milligan, Jack North, Stuart Ramsay, Nuno Silva, Cherrelle Skeete

대역

Helen Aluko, Matthew Bancroft, Morag Cross, Chipo Kureya, Tom Mackley, Joshua Wyatt

Nuno Silva	상주 무브먼트 캡틴
Jack North	협력 무브먼트 캡틴
Morag Cross	보이스 캡틴

2017년 크리에이티브 및 프로덕션 팀

원작	J.K. Rowling, John Tiffany, Jack Thorne
극본	Jack Thorne
연출	John Tiffany
무브먼트 디렉터	Steven Hoggett
무대 디자인	Christine Jones
의상 디자인	Katrina Lindsay
작곡/편곡	Imogen Heap
조명 디자인	Neil Austin
음향 디자인	Gareth Fry
일루션/마술	Jamie Harrison
음악 슈퍼바이저/편곡	Martin Lowe
캐스팅 디렉터	Julia Horan CDG
프로덕션 매니저	Gary Beestone
제작 무대 감독	Sam Hunter
협력 연출	Des Kennedy
협력 무브먼트 디렉터	Neil Bettles
협력 무대 디자인	Brett J. Banakis
협력 음향 디자인	Pete Malkin

협력 일루션/마법 디자인	Chris Fisher
협력 캐스팅 디렉터	Lotte Hines
조명 조감독	Adam King
의상 디자인 슈퍼바이저	Sabine Lemaître
분장/헤어	Carole Hancock
소품 슈퍼바이저	Lisa Buckley, Mary Halliday
음악 편집	Phij Adams
음악 프로덕션	Imogen Heap
특수 효과	Jeremy Chernick
비디오 디자인	Finn Ross, Ash Woodward
사투리 지도	Daniele Lydon
목소리 지도	Richard Ryder
상주 연출	Pip Minnithorpe
컴퍼니 무대 감독	Richard Clayton
무대 감독	Jordan Noble—Davies
무대 부감독	Jenefer Tait
무대 조감독	Oliver Bagwell Purefoy, Tom Gilding, Sally Inch, Ben Sherratt
의상 팀장	Amy Gillot
의상 부팀장	Laura Watkins
의상팀	Kate Anderson, Leanne Hired
드레서	George Amielle, Melissa Cooke, Rosie Etheridge, John Ovenden, Emilee Swift
낮 공연 의상팀	Melissa Hadley
분장/헤어 팀장	Nina Van Houten
분장/헤어 부팀장	Alice Townes

분장/헤어팀	Jacob Fessey, Cassie Murphie, Joanna Sim
음향 팀장	Chris Reid
음향 부팀장	Rowena Edwards
RF 엔지니어	Laura Head, Bethany Woodford
특수 효과 오퍼레이터	Callum Donaldson
오토메이션 팀장	Josh Peters
오토메이션 부팀장	Jamie Lawrence
오토메이션 엔지니어	Jamie Robson
조명 팀장	David Treanor
조명 부팀장	Paddy Magee
플라잉 테크니션	Paul Gurney
샤프롱	David Russell, Eleanor Dowling
제너럴 매니지먼트	Sonia Friedman Productions
제너럴 매니지먼트/이사	Diane Benjamin
책임 프로듀서	Pam Skinner
협력 프로듀서	Fiona Stewart, Ben Canning
제너럴 매니지먼트 보	Max Bittleston
제작팀	Imogen Clare-Wood
마케팅 매니저	Meg Massey
세일즈 및 회계 팀장	Mark Payn
협력 프로듀서(기획 개발)	Lucie Lovatt
협력 라이브러리언	Jack Bradley
객석 담당	Tobias Jones

J.K. 롤링

원작

J.K. 롤링은 일곱 편의 〈해리 포터〉 시리즈와 자선 목적으로 〈해리 포터〉 참고 도서 세 편을 썼다. 〈해리 포터〉 시리즈는 80개 언어로 번역되어 4억 5,000만 부가 판매되었다. 또한, 성인 소설 《캐주얼 베이컨시》를 썼으며, 로버트 갤브레이스라는 필명으로 범죄 수사물인 〈코모란 스트라이크〉 시리즈를 썼다. 2016년 J.K. 롤링은 '마법 세계'의 연장선인 5부작 영화 〈신비한 동물사전〉 첫 편으로 시나리오 작가로 데뷔했으며 이 영화의 제작자이기도 하다.

존 티퍼니

원작 및 연출

존 티퍼니는 〈원스(Once)〉의 연출자이며, 이 작품으로 웨스트엔드와 브로드웨이뿐 아니라 세계 각지에서 여러 상을 수상했다. 최근작으로는 미국 레퍼토리 극장과 브로드웨이, 에든버러 인터내셔널 페스티벌, 웨스트엔드에서 상연된 〈유리 동물원(The Glass Menagerie)〉과 브루클린 음악원에서 상연된 〈앰배서더(The Ambassador)〉가 있다. 영국 로열 코트 극장의 협력 연출가로 〈트위츠(The Twits)〉와 〈호프(Hope)〉 〈패스(The Pass)〉를 연출했다. 스코틀랜드 국립 극단에서 연출한 〈렛미인(Let the Right One In)〉은 로열 코트와 웨스트엔드, 세인트 앤스 웨어하우스에서도 재연되었고 여타 세계 여러 곳을 순회했다. 이 밖에 스코틀랜드 국립 극단에서 연출한 작품으로는 〈맥베스(Macbeth)〉(브로드웨이와 링컨 센터에서도 재연됨) 〈인콰이어러(Enquirer)〉 〈미싱(The Missing)〉 〈피터 팬(Peter Pan)〉 〈베르나르다 알바의 집(The House of Bernarda Alba)〉 〈트랜스폼 케이스네스: 헌터(Transform Caithness: Hunter)〉 〈비 니어 미(Be Near Me)〉 〈노보디 윌 에버 포기브 어스(Nobody Will Ever Forgive Us)〉 〈바쿠스의 여사제들(The Bacchae)〉(링컨 센터에서도 재연됨), 세계 여러 곳을 순회하고 올리비에상과 비평가 협회상을 수상한 〈블랙 워치(Black Watch)〉 〈엘리자베스 고든 퀸(Elizabeth Gordon Quinn)〉 〈홈: 글래스고(Home: Glasgow)〉 등이 있다. 티퍼니는 1996년부터 2001년까지 트래버스 극장에서, 2001년부터 2005년까지 페인스 플로우(Paines Plough) 극단에서, 2005년부터 2012년까지 스코틀랜드 국립 극단에서 협력 연출가로 활약했으며 2010~2011년도 하버드 대학교 래드클리프 펠로십(매년 뛰어난 가능성과 큰 성취를 보여 준 예술가 및 학자 50인을 선발해 후원하는 프로그램)을 받았다.

잭 손

원작 및 각색

잭 손은 연극과 영화, 텔레비전 및 라디오 대본을 쓴다. 대표적인 희곡 작품으로는 존 티퍼니가 연출한 〈호프〉와 〈렛미인〉, 헤드롱 극단과 킹스턴 로즈 극장, 브리스톨 올드 빅 극장, 시어터 클로이드가 공동 제작한 〈정크 야드(Junkyard)〉, 그라이아이 시어터 컴퍼니와 영국 국립 극장에서 상연 된 〈솔리드 라이프 오브 슈거 워터(The Solid Life of Sugar Water)〉, 에든버 러 프린지 페스티벌의 〈버니(Bunny)〉, 트래펄가 스튜디오스의 〈스테이시 (Stacy)〉, 부시 극장의 〈세컨드 메이 1997(2nd May 1997)〉과 〈웬 유 큐어 미(When You Cure Me)〉를 꼽을 수 있다. 번안 작품으로는 돈마 웨어하우 스의 〈피지시스츠(The Physicists)〉와 하이타이드 극장의 〈스튜어트: 어 라 이프 백워즈(Stuart: A Life Backwards)〉가 있다. 영화 대표작으로는 〈워 북 (War Book)〉 〈어 롱 웨이 다운(A Long Way Down)〉 〈스카우팅 북 포 보이스 (The Scouting Book for Boys)〉, 텔레비전 대표작으로는 〈라스트 팬서스(The Last Panthers)〉 〈돈트 테이크 마이 베이비(Don't Take My Baby)〉 〈디스 이즈 잉글랜드(This Is England)〉 〈페이즈(The Fades)〉 〈글루(Glue)〉 〈카스트오프 스(Cast-Offs)〉 〈내셔널 트레저(National Treasure)〉가 있다. 영국 아카데미 (BAFTA)에서 2016년 최우수 미니 시리즈 부문(〈디스 이즈 잉글랜드 '90〉)과 최우수 단편 드라마 부문(〈돈트 테이크 마이 베이비〉), 2012년 최우수 드라마 시리즈 부문(〈페이즈〉)과 최우수 미니 시리즈 부문(〈디스 이즈 잉글랜드 '88〉) 을 수상했다.

감사의 말

〈해리 포터와 저주받은 아이〉 극연구회의 모든 배우, 멜 케니언(Mel Kenyon), 레이철 테일러(Rachel Taylor), 알렉산드리아 호턴(Alexandria Horton), 이모젠 클레어우드(Imogen Clare-Wood), 플로렌스 리스(Florence Rees), 제니퍼 테이트(Jenefer Tait), 데이비드 노크(David Nock), 레이철 메이슨(Rachel Mason), 콜린(Colin), 닐(Neil), 소니아(Sonia), 소니아 프리드먼 프로덕션(SFP)과 블레어 파트너십(Blair Partnership) 직원들, JKR PR의 레베카 솔트(Rebecca Salt), 니카 번스(Nica Burns)와 팰리스 극장의 모든 직원, 그리고 물론, 이 작품을 멋지게 표현해 준 우리 배우들에게 감사드립니다.

해리 포터 가계도

고대부터 마법사의 명맥을 이어 온 포터 가문의 기원은 12세기로 거슬러 올라간다. 이후 포터 가문은 페버럴가와 위즐리가, 심지어 더즐리가에 이르기까지 여러 마법사 가족과 머글 가족으로 뻗어 나갔다.

해리 포터 연대표

1980년 7월 31일
잉글랜드 고드릭 골짜기에서
해리 포터가 태어난다.

1981년 10월 31일
해리의 부모 릴리 포터와 제임스 포터가
자신들의 집에서 볼드모트 경에게 살해된다.
볼드모트의 살해 저주를 튕겨 낸 해리는
이마에 번개 모양의 흉터를 갖고 고아로
살아남는다.

1981년 11월 1일
해리가 해그리드에게 구조되어
머글 친척인 더즐리가로 보내지고
더즐리 가족은 해리의 혈통을 숨긴
채 살아간다.

·········· 10년 후······

 ## 마법사의 돌

1991년 7월 31일
해그리드가 해리에게 호그와트
편지를 가져다주며 "해리, 넌
마법사야"라고 알려준다.

1991년 9월 1일
해리가 난생처음 호그와트 급행열차를
타고 호그와트 마법 학교로 향하는 길에
론 위즐리와 헤르미온느 그레인저를
만난다.

1992년 6월
해리가 마법사의 돌을 차지하려
하는 퀴럴 교수를 꺾고 두 번째로
볼드모트를 물리친다.

비밀의 방

1992년 10월 31일
비밀의 방이 열리고 슬리데린의 괴물이
일련의 공격을 시작한다.

1992년 12월 25일
해리와 론, 헤르미온느가 처음으로
폴리주스 마법약을 마신다.

1993년 5월
해리와 론이 울보 머틀의 화장실을 통해
비밀의 방에 들어가고, 그 안에서 해리는
바실리스크를 죽인 뒤 지니 위즐리를
사로잡았던 톰 리들의 일기장을 파괴한다.
해리가 지니의 목숨을 구한다.

아즈카반의 죄수

1993년 8월
해리가 《예언자일보》에서 '아즈카반 감옥에 수감되었던 가장 악명 높은 죄수' 시리우스 블랙의 탈옥 소식을 접한다.

1993년 9월 1일
호그와트 급행열차에 디멘터들이 침입한다.

1994년 6월 6일
해리는 시리우스가 누명을 썼으며 진짜 범인은 피터 페티그루라는 사실을 알게 된다.

해리와 헤르미온느가 타임 터너를 사용해 시리우스를 구출하고 죄인인 페티그루는 또다시 도망친다.

불의 잔

1994년 8월
퀴디치 월드컵에 어둠의 징표가 나타나 볼드모트의 부활과 재기를 알린다.

1994년 9~10월
덤블도어 교수가 100여 년 만에 트라이위저드 대회가 개최된다는 소식을 발표한다. 뜻밖에도, 불의 잔이 연령 미달인 해리를 참가자로 선발하여 해리 포터와 세드릭 디고리 두 사람이 호그와트 대표 선수가 된다.

1994년 11월 24일
트라이위저드 대회의 첫 번째 과제에서 해리는 비행술을 이용하여, 불을 내뿜는 헝가리 혼테일 용의 황금알을 가져오는 데 성공한다.

1994년 12월
덤스트랭 대표 선수인 빅토르 크룸이 헤르미온느에게 크리스마스 무도회의 파트너가 되어 달라고 청하고, 해리와 론은 각각 파르바티 파틸과 파드마 파틸에게 파트너 신청을 한다.

1995년 2월 24일
트라이위저드 대회의 두 번째 과제에서 해리는 아가미풀을 사용하여 호수에서 론과 가브리엘 들라쿠르를 모두 구출하지만, 그의 영웅적 행동에 대해 심판들의 의견이 갈린다.

1995년 6월 24일
위험한 괴물과 장애물이 가득한 미로에서 마지막 시험이 펼쳐진다. 해리와 세드릭은 공동 우승을 거두지만, 우승컵이 포트키인 탓에 둘은 볼드모트와 그의 부하들인 죽음을 먹는 자들이 기다리고 있는 공동묘지로 보내진다. 세드릭은 살해되고, 해리는 세드릭의 시체와 볼드모트의 부활 소식을 안고 망연자실하게 호그와트로 돌아온다.

불사조 기사단

1995년 9월

마법 정부 총리인 코닐리어스 퍼지는 볼드모트의 부활 소식을 부인한다. 그는 덤블도어를 견제하기 위해 덜로리스 엄브리지를 어둠의 마법 방어법 교수로 임명한다.

1995년 10월

해리가 학생들을 모아 덤블도어의 군대를 조직하고 이들은 비밀리에 모여 엄브리지에게 저항하며 그녀가 수업 시간에 가르쳐 주지 않는 어둠의 마법 방어법을 익힌다.

1996년 6월

그해 내내 볼드모트와 정신적으로 연결되어 괴로워하던 해리는 볼드모트의 눈을 통해 위험에 처한 시리우스의 모습을 보게 된다. 그는 가까운 친구들을 대동하고 마법 정부로 가서 또 한 번 볼드모트와 전투를 벌인다.

마법 정부

해리는 자신의 운명과 볼드모트의 운명이 엮여 있음을 알리는 중요한 예언을 발견한다.

마법 정부

시리우스 블랙이 죽음을 먹는 자인 벨라트릭스 레스트레인지에게 살해되고 미스터리 부서 전투로 인해 마법 정부에 보관된 타임 터너들이 모두 파괴된다.

혼혈 왕자

1997년 1월

덤블도어가 볼드모트를 무너뜨릴 계획의 일환으로 해리에게 어둠의 왕의 과거에 대해 가르치기 시작한다.

1997년 5월

그리핀도르가 퀴디치 우승컵을 따낸 뒤 마침내 해리가 지니와 입맞춤을 한다.

1997년 6월

호그와트에 죽음을 먹는 자들이 잠입한다. 드레이코 말포이가 볼드모트의 살인 지령을 이행하지 못하자, 세베루스 스네이프가 대신 덤블도어를 죽인다.

죽음의 성물

1997년 8월
마법 정부가 무너지고 볼드모트가 권력을 잡는다. 해리와 론, 헤르미온느는 도망 다니며 어둠의 왕을 물리치기 위해 나머지 호크룩스들을 찾아 나선다.

1997년 12월
해리와 론, 헤르미온느는 죽음의 성물 세 가지를 모두 소유하면 죽음의 지배자가 될 수 있다는 이야기를 접한다.

1998년 5월
해리와 론, 헤르미온느가 남은 호크룩스들을 찾기 위해 호그와트로 돌아가고 호그와트 전투가 시작된다.

호그와트 전투
볼드모트가 죽음의 성물을 모으는 과정에서 딱총나무 지팡이를 온전히 소유하기 위해 스네이프를 살해한다. 해리는 스네이프가 자기 어머니 릴리를 사랑했으며, 오래전부터 어둠의 왕이 아니라 덤블도어 그리고 자신이 사랑한 이 여성의 동맹으로 활동했다는 사실을 알게 된다.

호그와트 전투
자기가 호크룩스 중 하나임을 알게 된 해리는 마법 세계를 구하기 위해 자기 자신을 볼드모트에게 제물로 바친다.

호그와트 전투
네빌 롱보텀이 내기니를 죽임으로써 해리를 대신해 마지막 호크룩스를 파괴한다.

호그와트 전투
해리는 볼드모트의 최후 공격을 이겨 내고 살아남아 마침내 그를 무너뜨린다.

19년 후······

2017년 9월 1일
(서른일곱 살의) 해리와 지니는 부부가 되었고 그들 사이에는 세 자녀가 있다. 두 사람이 킹스크로스역 9와 4분의 3 승강장에서 론과 헤르미온느 그레인저위즐리 부부를 만난다. 두 집안의 자녀인 알버스 포터와 로즈 그레인저위즐리가 호그와트에 입학한다. 알버스는 슬리데린으로 배정받을까 봐 걱정하고, 해리는 "알버스 세베루스, 넌 호그와트 역대 교장 두 분의 이름을 물려받았어. 그중 한 분은 슬리데린 출신이었는데, 아빠가 아는 사람 중 가장 용감한 분이셨단다."라고 말하며 아들을 안심시킨다. 경적이 울리고 알버스와 로즈의 여정이 시작된다.

옮긴이 박아람.

주로 소설을 번역하며, 현재 KBS 더빙 번역 작가로도 활동 중이다. 옮긴 책으로는 《마션》《달빛 코끼리 끌어안기》《로옴의 왕과 여왕들》《작가의 시작》《생활수업》《12월 10일》《빅 브러더》《내 아내에 대하여》《포이즌우드 바이블》《찰리와 악몽학교》《달콤한 내세》, 테스 게리첸의 〈리졸리 & 아일스〉 시리즈 외 다수가 있다.

해리 포터와 저주받은 아이 2부

초판 1쇄 발행 2016년 12월 1일
초판 12쇄 발행 2017년 9월 18일

개정판 1쇄 발행 2017년 10월 23일
개정판 10쇄 발행 2021년 9월 10일

개정2판 3쇄 발행 2024년 6월 26일

지은이 | J.K. 롤링·존 티퍼니·잭 손
옮긴이 | 박아람
발행인 | 강봉자·김은경

펴낸곳 | (주)문학수첩
주소 | 경기도 파주시 회동길 503-1(문발동 633-4) 출판문화단지
전화 | 031-955-9088(대표번호), 9532(편집부)
팩스 | 031-955-9066
등록 | 1991년 11월 27일 제16-482호

홈페이지 | www.moonhak.co.kr
블로그 | blog.naver.com/moonhak91
이메일 | moonhak@moonhak.co.kr

ISBN 979-11-92776-75-0 04840
      979-11-92776-73-6 (세트)